18
17
FÖHR
[FEER]
1
2
19/20
22/23
3
21
AMRUM
4
7/8/9/10/11/12
5
6
13
15
14
16
1 - Odde
2 - Vogelwärterhaus
3 - Norddorfer Strand, Naturzentrum Maritur
4 - Quermarkenfeuer
5 - Eisenzeitliches Haus
6 - Vogelkoje
7 - St. Clemens Kirche, Sprechende Grabsteine
8 - Öömrang Hüs
9 - Töpferei Hoonwerk
10 - Atelier Farbrausch
11 - Friedhof der Namenlosen
12 - Windmühle
13 - Seezeichenhafen Wittdün
14 - Leuchtturm
15 - Fähranleger Wittdün
16 - Kniepbude
17 - Schiffswrack (City of Bedford)
18 - Café Stellys Hüüs
19 - Kirche St. Laurentii
20 - Grabsteine
21 - Kapitänsdorf Nieblum
22 - Friesenmuseum
23 - Krankenhaus

Andrea Nesseldreher

GEHEIMNIS IM KNIEPSAND

Lilly und Nikolas auf Amrum

Illustrationen von Corinna Jegelka

Biber & Butzemann

Für Erik, Jonas und den Nasenbär

Ein herzliches Dankeschön geht an meine Verlegerin Steffi Bieber-Geske für ihr unermüdliches Engagement.
Außerdem danke ich Matthias Menk, Maren Bonacker, Daniela Gombel, Andrea Schuberth und Andrea Höllscher für vielfältige Unterstützung und Zuspruch.

Andrea Nesseldreher, Juni 2020

Besuchen Sie uns im Internet unter
www.biber-butzemann.de

Geschwister-Scholl-Str. 7
15566 Schöneiche

2. Auflage, 2022

Bibliografische Information der Deutschen Bibliothek
Die Deutsche Bibliothek verzeichnet diese Publikation in der Deutschen Nationalbibliografie; detaillierte bibliografische Daten sind im Internet unter http://dnb.ddb.de abrufbar.

Text: Andrea Nesseldreher
Illustrationen: Corinna Jegelka
Illustration Nachsatzpapier: Sabrina Pohle
Layout und Satz: Mike Hopf
Lektorat: Steffi Bieber-Geske, Juliane Jacobsen
Lektoratsassistenz: Kati Bieber, Martina Bieber, Friederike Rademacher, Michelle Stark
Korrektorat: Carola Jürchott
Druck- und Bindearbeiten: Longo SPA | AG, Bozen
ISBN: 978-3-95916-064-3

INHALT

Begegnung auf der Fähre

„Schade, alle Fensterplätze sind belegt!“, sagte Nikolas enttäuscht. Auch seine Schwester Lilly machte ein trauriges Gesicht. „Och, Manno, ich hätte so gerne am Fenster gesessen und zugesehen, wie wir ablegen.“

Gemeinsam mit ihren Eltern hatten Lilly und Nikolas gerade den „Salon“ betreten, den Aufenthaltsraum der Fähre „Uthlande“, die sie von Dagebüll aus zum Sommerurlaub auf die Nordseeinsel Amrum bringen sollte.

„Wenn ihr möchtet, könnt ihr euch gerne zu mir setzen“, sagte ein älterer Herr, der allein an einem Fenstertisch saß und sie freundlich anlächelte.

Lilly strahlte. „Ja, gerne, danke!“ Sie rutschte auf der gepolsterten Bank bis ans Fenster. Nikolas tat es ihr nach.

„Vielen Dank. Das ist sehr freundlich von Ihnen“, bedankten sich die Eltern und setzten sich ebenfalls. In diesem Augenblick ging ein kurzer Ruck durch das Schiff, und der Motor brummte laut.

„Es geht los!“, rief Lilly. „Wir legen ab.“

Beide Kinder beobachteten interessiert, wie sich das behäbige Schiff langsam Meter für Meter von der Mole entfernte und allmählich Fahrt aufnahm.

„Wie lange dauert die Überfahrt?", wollte Nikolas wissen. Ihr Tischgenosse antwortete: „Zwei Stunden brauchen wir bis Amrum."

„So lange?" Nikolas wunderte sich. „Auf der Landkarte sah das so nah aus."

„Es sind auch nur knapp 30 Kilometer Luftlinie, aber die Fähre muss um eine Sandbank herumfahren, und außerdem machen wir noch einen Zwischenstopp auf Amrums Nachbarinsel Föhr."

Der Mann deutete auf einen großen Bildschirm, auf dem der Ausschnitt einer Landkarte zu sehen war. Ein blinkender Punkt bewegte sich auf einer Linie fort.

„Dort drüben könnt ihr sehen, wo wir gerade sind und wie schnell wir fahren. Fahrt ihr zum ersten Mal nach Amrum?"

Die Kinder nickten. „Und Sie? Waren Sie schon mal da?"

„Oh, ich war schon so oft auf Amrum, das kann ich kaum noch zählen. Mindestens schon 30 Mal. Als meine Kinder so alt waren wie ihr, waren wir jeden Sommer hier. Die Insel ist so wunderschön, dass man immer wieder kommen möchte." Er schmunzelte. „Ich bin gespannt, wie euch Amrum gefällt."

„Was kann man denn dort so machen?", erkundigte sich Nikolas. „Gibt es ein Multiplexkino? Oder ein Meeresaquarium? Mit Haien?"

„Nein, so etwas gibt es auf Amrum alles nicht, aber die Natur dort ist so einzigartig schön, dass man das gar nicht braucht. Am Strand kann man unendlich viel Spaß haben, buddeln nach Herzenslust, Muscheln sammeln und natürlich baden. Und wenn man im Watt spazieren geht, dann kann man Krebse oder Wattwürmer in freier Wildbahn sehen, da braucht man gar kein Aquarium."

Nikolas seufzte. Sandburgen bauen und Muscheln sammeln, das war doch Kinderkram! Und eine Wattwanderung hatte er auch schon zwei- oder dreimal gemacht. Diesen Urlaub hatte er sich irgendwie anders vorgestellt.

„Bestimmt kann man auf Amrum eine Menge unternehmen", schaltete sich Mama ein. „Haben Sie vielleicht ein paar Tipps für uns, Herr ...?"

„Bergmann. Christopher Bergmann."

„Wir sind Familie Sonnenschein. Ihr könnt euch selbst vorstellen, Kinder."

„Nikolas", brummte Nikolas.

„Ich bin Lilly." Die Vorstellung seiner Schwester fiel deutlich freundlicher aus.

„Auf alle Fälle sollten Sie einen Blick ins ‚Amrum aktuell' werfen. Da stehen alle Veranstaltungen drin, dazu Öffnungszeiten, Schiffsfahrpläne und so weiter."

Herr Bergmann zog eine Broschüre aus der Tasche und reichte sie Mama, die gleich interessiert darin blätterte.
„Soll ich euch erzählen, was wir früher mit unseren Kindern im Sommer immer gemacht haben?“, fragte Herr Bergmann.
Lilly nickte, Nikolas sah skeptisch drein.
„Wir haben auf dem Kniepsand eine Bude gebaut. Aus Strandgut, also aus allem, was angeschwemmt wurde: Bretter, Paletten, Plastikplanen, alte Fischernetze und so etwas.“
Das weckte Nikolas' Interesse. „Was ist denn Kniepsand?“
„Das ist der riesige Sandstrand im Westen von Amrum. Er verläuft auf der gesamten Längsseite der Insel und ist bis zu anderthalb Kilometer breit. Und dort, mitten auf dem Sand, haben wir unsere Bude gebaut. Jedes Jahr aufs Neue. Dass die Sturmfluten im Winter unsere Bude nicht zerstören, haben wir sie am Ende unseres Urlaubs abgebaut und im Sand vergraben. Und im nächsten Jahr haben wir alles wieder ausgebuddelt und neu gebaut.“
Nikolas war inzwischen äußerst interessiert an den Schilderungen von Herrn Bergmann. Buden bauen, das war ganz nach seinem Geschmack.
Aber auch Lilly und die Eltern hörten den Erzählungen des älteren Mannes gespannt zu.
„Wir waren ja nicht alleine, es gab eine ganze Reihe solcher Kniepbudenbauer. In manchen Sommern waren es über zwanzig Hütten, ein richtiges kleines Dörfchen. Wir haben dann die meisten Tage draußen auf dem Kniep verbracht, dort gegessen und gelebt. Nur zum Übernachten sind wir in unsere Pension gegangen oder bei Sturm. Und in warmen, windstillen Sommernächten haben wir am Strand übernachtet. Entweder in der Bude oder im Schlafsack

unter freiem Himmel. Also, ich sage euch, nirgendwo ist der Sternenhimmel so unendlich weit wie auf Amrum."

Nikolas war begeistert.

Während Herr Bergmann weiter erzählte, baute er aus ein paar Bierdeckeln, Zahnstochern, Büroklammern und anderem Krimskrams aus seiner Tasche ein winziges Büdchen auf dem Tisch. Sogar einen kleinen Mast mit einer Fahne aus einem leeren Zuckertütchen gab es.

„Wir waren eine eingeschworene Gemeinschaft. Am Anfang ließ das Ordnungsamt die Buden wieder abreißen, aber irgendwann wurden unsere kleinen Hütten geduldet. Immerhin hielten wir Kniepianer ja auch den Strand sauber, denn alles, was wir an Strandgut oder Müll fanden, haben wir in die Buden eingebaut. Das war die einzige Bedingung beim Budenbau. Es durfte nur Strandgut verwendet werden. Leider ist das Kniepbudenbauen inzwischen vom Aussterben bedroht."

„Bauen Sie denn ihre Bude noch immer auf?", fragte Nikolas.

„Nun, ich habe sie zum letzten Mal vor einigen Jahren aufgebaut. Meine Kinder sind erwachsen und haben andere Interessen. Für mich und meine Frau lohnte sich das nicht mehr so recht, und im letzten Jahr ist meine Frau dann gestorben."

„Oh, das tut mir leid", sagten Lilly und ihre Eltern beinahe gleichzeitig, und Nikolas senkte betroffen den Blick.

„Schon in Ordnung." Herr Bergmann überlegte einen Augenblick und sagte dann: „Ich würde gerne unsere alte Bude ein letztes Mal aufbauen, um mich zu verabschieden. Hättet ihr vielleicht Lust, mir dabei zu helfen?"

WILLKOMMEN AUF AMRUM

Nikolas sprang wie elektrisiert auf. „Ja, na klar! Voll gerne! Ich kann schon mit der Säge umgehen und mit dem Akkuschrauber, stimmt's Papa?", rief er und blickte zu den Eltern.

Auch Lilly war begeistert: „Bitte, Mama, Papa, dürfen wir?"

Die Eltern zögerten, denn schließlich kannten sie Herrn Bergmann ja erst seit ein paar Minuten. Der Vater entschied dann diplomatisch: „Wir können uns das ja mal gemeinsam ansehen, einverstanden?"

„Sie sind natürlich herzlich eingeladen, auch mitzumachen. Das Kniepbudenbauen macht großen Spaß, und zusätzliche helfende Hände werden immer geschätzt", sagte Herr Bergmann.

„Morgen schon? Ja, Papa?"

„Also, ich weiß nicht ..."

„Wie wäre es, wenn wir unsere Telefonnummern austauschen? Dann können wir morgen telefonieren und uns verabreden. Ihr müsst ja schließlich erst einmal ankommen", schlug Herr Bergmann vor.

Nachdem die Telefonnummern ausgetauscht waren, erkundeten Lilly und Nikolas das Schiff. Sie fuhren mit dem Fahrstuhl hinunter auf das Autodeck, liefen die Treppe bis ganz nach oben zum Sonnendeck und probierten die Liegestühle mit Blick aufs Meer aus.

Von dort aus beobachteten sie, wie die Fähre im Hafen von Wyk auf Föhr an- und wieder ablegte.
Lilly entdeckte auf der Theke ein kleines rot-weißes Schiffchen mit einem Hansekreuz und der Aufschrift „Deutsche Gesellschaft zur Rettung Schiffbrüchiger". „Schau mal, Nikolas, hier steht ein Spendenschiffchen der Seenotretter!", rief sie. Während ihres Urlaubs in Fischland-Darß-Zingst hatten Nikolas und Lilly eine aufregende Rettungsaktion der Seenotretter miterlebt.
„Ob es auf Amrum auch einen Seenotrettungskreuzer gibt?" Nikolas sah seine Schwester fragend an. „Das müssen wir unbedingt herausfinden."
Allmählich tauchte die Insel Amrum vor ihnen auf. Nikolas entdeckte den rot-weiß gestreiften Leuchtturm als Erster.
„Bald sind wir da!", freute er sich.
Sie gingen zurück zu ihren Eltern und verabschiedeten sich von Herrn Bergmann. Dann stiegen sie ins Auto und fuhren von der Fähre herunter, durch das große blaue Tor mit der Aufschrift „Willkommen auf Amrum" und über die Inselstraße des Örtchens Wittdün.
Als Lilly diesen Ortsnamen las, wurde sie auf einmal ganz aufgeregt:„Hier ist Wittdün?", fragte sie. „Das ist ja ein Ding!"
„Ja", antwortete Papa. „Sagt dir dieser Name etwas?"
„Aber natürlich", freute sich Lilly. „Ich habe doch vor einiger Zeit in Mamas alten Kinderbüchern gestöbert. ‚Nesthäkchen im Kinderheim' spielt genau hier, in Wittdün!"
Nun erinnerte sich Mama auch. „Stimmt, das hatte ich schon ganz vergessen", meinte sie ein wenig versonnen. „Siehst du, dann ist dir hier ja einiges schon vertraut".

Kurz darauf passierten sie den Leuchtturm und eine Windmühle. Unterwegs begegnete ihnen eine kleine blau-weiße Bimmelbahn mit mehreren Waggons, in denen Leute saßen und ihnen zuwinkten. „Insel-Paul" stand auf der Bahn.

„Oh, wie niedlich", kicherte Lilly, „damit möchte ich auch einmal fahren."

Schließlich tauchte das Ortsschild von Nebel vor ihnen auf. Hier hatten sie eine Ferienwohnung gemietet.

„Mama, warum steht auf dem Schild zweimal Nebel, einmal mit Doppel-E?" fragte Lilly.

„Hier auf der Insel sprechen viele Menschen Friesisch. Das ist eine ganz eigene Sprache. Das Dorf heißt auf Hochdeutsch Nebel und im Friesischen Neebel. Der Name hat übrigens überhaupt nichts mit Nebelwetter zu tun, sondern bedeutet „Neues Dorf"." Das wusste Mama aus ihrem Reiseführer.

Sie bogen in den Smäswai ab. „Smäswai ist bestimmt auch friesisch. Was das wohl bedeutet?", überlegte Lilly.

Sie parkten das Auto vor dem „Smäswai Hüs", wo sich ihre Ferienwohnung befinden sollte, und klingelten. Ein bärtiger Mann öffnete ihnen. „Herzlich willkommen auf Amrum. Ich bin Arne Lorenzen, der Verwalter Ihrer Ferienwohnung", wurden sie freundlich empfangen. „Moin, ihr Lütten!"

„Moin", das bedeutete so viel wie „Guten Tag", das wussten Lilly und Nikolas schon von anderen Reisen an die Küste. Und Lütte, das waren Kinder, also sie selbst.

Lilly platzte gleich mit ihrer Frage heraus: „Moin, Herr Lorenzen. Was bedeutet Smäswai?"

„Das ist friesisch und bedeutet Schmiedweg. Viele Straßen auf Amrum haben friesische Namen, achtet mal drauf."

Herr Lorenzen zeigte ihnen die Ferienwohnung mit dem Namen „Seestern". Während die Eltern die Koffer aus dem Auto luden und die Räder vom Fahrradträger abmontierten, stöhnte Nikolas: „Ich hab Riesenhunger!" Das Frühstück war immerhin schon viele Stunden her.

„Mögt ihr Krabben?", fragte Herr Lorenzen.

Lilly und Nikolas nickten.

„Dann fahrt mal an den Seezeichenhafen in Wittdün zum Kutter. Vielleicht habt ihr Glück. Immer wenn die rote Fahne oben ist, gibt es frische Krabben bei Fischer Thaden. Brötchen bekommt ihr bei Bäcker Claussen im Waasterstigh. Das heißt übrigens ‚Westlicher Weg'." Herr Lorenzen zwinkerte Lilly zu.

Die Eltern waren mit dieser Idee einverstanden. Sie räumten schnell die Koffer in die Ferienwohnung und machten sich mit den Rädern auf den Weg zum Bäcker und dann nach Wittdün. Zunächst fuhren sie auf dem Radweg an der Wattseite der Insel entlang durch Süddorf hindurch. Lilly stellte entzückt fest, dass der friesische Name von Süddorf „Sössareep" lautete. Sie kamen an einer zweiten, winzig kleinen Windmühle vorbei, die man allerdings nur von außen bestaunen konnte, da sie bewohnt war.

Am Kutter hatten sie Glück. Die rote Fahne war oben, und sie ergatterten die letzte große Portion Krabben, die sie selbst pulen mussten. Nikolas war zwar etwas ungeduldig, weil er so hungrig war, aber alle genossen das leckere Mittagessen frisch aus dem Meer.
Nach dem Essen sahen sie sich im Seezeichenhafen um.
Plötzlich rief Nikolas: „Seht mal, dort liegt der Rettungskreuzer der Seenotretter!"
„Das hab ich mir gedacht, dass es auf Amrum auch Seenotretter gibt!" Lilly nickte zufrieden.
Sie gingen näher an das rot-weiße Schiff heran und konnten nun auch den Namen lesen. „ERNST MEIER-HEDDE heißt der Kreuzer!", rief Nikolas.
„Und das Tochterboot ist die LOTTE!", ergänzte Lilly.
„Gut zu wissen, dass die Seenotretter in der Nähe sind", meinte Mama lächelnd.
Sie radelten weiter, und in Wittdün gönnten sie sich ein Eis im „Café Pustekuchen". Zurück in Nebel wurden noch die Koffer ausgepackt. Dann ging die ganze Familie – müde von der frischen Seeluft und dem Radfahren – früh schlafen.

BUDENBAU AUF DEM KNIEP

Der nächste Morgen begrüßte sie mit strahlendem Sonnenschein. Kein Wölkchen war am Himmel zu sehen, als Nikolas auf die Terrasse trat, wo bereits der Frühstückstisch gedeckt war.

„Guten Morgen, du bist aber früh wach“, wunderte sich Mama.

„Na klar, ich will doch heute eine Bude auf dem Kniepsand bauen!“, erklärte Nikolas. Auch Lilly war dazugekommen und bat: „Au ja, Mama, ruf doch bitte Herrn Bergmann an.“

Nach dem ersten Kaffee war Mama bereit, diesen Wunsch zu erfüllen. Sie verabredeten sich mit ihrer Fährenbekanntschaft nach dem Frühstück an „Köhns Übergang“ in Wittdün und radelten dorthin. Der Strandübergang war nach dem friesischen Kapitän Köhn, der Wittdün einst mitgegründet hatte, benannt.

Schon von Weitem sahen sie Herrn Bergmann. Er hatte einen roten Bollerwagen dabei, auf dem er allerhand Werkzeug und eine Kühlbox verstaut hatte, wie sie beim Näherkommen erkannten.

„Guten Morgen!“, begrüßte er sie fröhlich. „Dann wollen wir mal. Ihr dürft übrigens gerne Christopher und Du zu mir sagen. Kniepbudenbauer siezen sich doch nicht.“

Alle schüttelten sich zur Bekräftigung die Hände.

„Habt ihr euch auch gut eingecremt? Die Sonne auf dem Kniep ist gnadenlos, und mit einem Sonnenbrand ist nicht zu spaßen“, warnte Christopher.

Die Kinder nickten. „Wir haben auch Schaufeln dabei, mit denen können wir beim Ausgraben helfen."
„Prächtig, da habt ihr gut mitgedacht!", lobte Christopher. Sie zogen mit dem Bollerwagen los auf den schier endlos weiten Kniepsand.
In weiter Ferne entdeckte Lilly am Horizont eine Reihe kleiner Hügel auf dem Meer. „Was ist das dort hinten?", fragte sie und deutete in die entsprechende Richtung.
Christopher antwortete: „Das sind die Halligen. Eine Hallig ist so eine Art Insel, nur dass sie bei Sturmflut fast vollständig vom Meer überflutet wird. Deshalb stehen die Hallighäuser auf Warften. Das sind die Hügel, die du siehst. Bei Sturmflut ragen nur noch die Warften aus dem Meer, überall sonst ist Land unter. Halligen schützen die Inseln, weil sie die Stürme mildern, bevor diese die Inseln erreichen."
„Und dort wohnen Leute? Obwohl es überflutet wird?", staunte Lilly.
„Ja, dort wohnen Leute, wenn auch nicht sehr viele. Bei Sturmflut müssen eben alle Menschen und auch die Tiere auf die Warften. Für die Bewohner ist das aber ganz normal."
„Puh, das wäre nichts für mich." Lilly schüttelte sich bei der Vorstellung, in einem Haus zu wohnen, das vom Meer umspült wird.
Sie gingen weiter, und nach einer Weile klagte Nikolas: „Ist es noch weit?"
Christopher grinste. „Wir haben schon über die Hälfte geschafft. Schade, dass es die Inselbahn nicht mehr gibt."

Nikolas winkte ab. „Doch, die gibt es noch, die haben wir gestern gesehen. So ein kleines blau-weißes Bähnchen."

„Ach, ihr meint den ‚Insel-Paul'? Nein, den meine ich nicht. Aber vor langer Zeit, so um 1900 herum, gab es eine echte kleine Eisenbahn mit Schienen und einer Dampflok, die brachte die Badegäste im Sommer von den Ortschaften über den Kniep zum Strand."

„Eine echte Dampflok? Hier auf der Insel? Ehrlich?" Lilly sah Christopher staunend an. Auch Mama und Papa zeigten sich überrascht.

„Ja, die gab es wirklich. Es sind einige Kilometer durch den Sand, das fanden damals viele zu anstrengend, und man wollte es den Sommerfrischlern, also den Urlaubern, bequem machen."

„Ich finde das auch heute noch anstrengend", stimmte Nikolas zu.

„Wir haben es bald geschafft."

Inzwischen tauchte in einiger Entfernung vor ihnen eine kleine Bude auf. Noch konnten sie nicht viel erkennen, nur ein eckiges Gebilde mit einem runden Fensterchen. Bunte Wimpel wehten an einem Mast, neben der Bude stand eine kleine Bank. Nach einigen Schritten bemerkten sie, dass an der Hütte zwei Personen eifrig werkelten. Im Sand verstreut lagen Bretter und Werkzeug.

Als sie näherkamen, erkannten sie einen Jungen und ein Mädchen. Das Mädchen winkte ihnen zu und lächelte, der Junge nagelte gerade eine rote Plane am Dach fest. Er mochte um die 16 Jahre alt sein, sie war ungefähr so alt wie Nikolas, also etwa 12.

„Na, sieh mal an, das Kniepbudenbauen ist doch noch nicht ausgestorben", sagte Christopher mit einem Lächeln.

Als sie näher kamen, rief das Mädchen: „Gud dai, hoker san jam? Kem jam an besjük üs? Wel jam üüs höske sä?“

Lilly sah Christopher fragend an. „Was hat sie gesagt?“

Das Mädchen lachte und sagte: „Det wiar Öömrang! Das war Friesisch, wie wir es auf Amrum sprechen. Ich habe gefragt, wer ihr seid und ob ihr uns besuchen kommt und unsere Hütte anschauen wollt.“

Nikolas schüttelte den Kopf. „Nee, wir wollen selbst eine Hütte bauen."

„Prima, dann werden wir Nachbarn hier im Hüttendorf! Ik het Gesine an det as man Bruder Janne."

„Das habe ich jetzt verstanden. Hallo Gesine, hallo Janne!" Lilly stellte nun sich, Nikolas und ihre Eltern vor.

„Und das ist Christopher, wir wollen seine Bude mit ihm aufbauen. Eure Hütte sieht toll aus."

„Wir müssen sie noch einrichten und dekorieren. Janne, bist du fertig mit dem Dach?"

Der Junge nickte.

„Dann häng ich die Gardinen auf."

„Gardinen?", staunte Lilly.

Gesine zeigte ihr eine dünne Latte, an die viele bunte Plastikbänder geknotet waren. Sie flatterten im Wind.

„Das war mal ein Schlauchboot, das hier angespült wurde. Wir haben es zerschnitten und einen Vorhang daraus gebastelt."

Während ihr Bruder die Brettertür einhängte, befestigte Gesine die Gardine mit ein paar geschickten Handgriffen am Fenster. Sofort sah die Bude viel wohnlicher aus.

„Seid ihr im Urlaub hier?", fragte Gesine.

Lilly nickte. „Ja, heute ist unser erster Tag. Und ihr wohnt auf Amrum? Habt ihr die Hütte schon oft aufgebaut?"

„Ja, wir wohnen drüben in Wittdün. Unsere Bude bauen wir zum zweiten Mal alleine auf.

Wir haben sie geerbt, von unserem großen Bruder, der studiert jetzt auf dem Festland.
Früher war er immer mit seinen Freunden hier draußen auf dem Kniep."
Nikolas wurde ungeduldig. „Ich möchte auch anfangen zu bauen. Wo ist denn nun die Bude vergraben?"
Christopher hatte inzwischen sein Handy zur Hand genommen. Nikolas sah interessiert zu, wie er per GPS-Ortung die Stelle im Sand suchte, an der die Bude vergraben war.
„Wie hast du denn die Bude früher wiedergefunden, ohne GPS?" erkundigte sich Papa.
„Oh, da haben wir mit allen Tricks gearbeitet." Christopher lachte. „In der Mitte von unserem Budendörfchen stand ein Vermessungspfeiler, an den haben wir eine Schnur gebunden, 200 Meter lang, bis zu unserer Bude. Dann haben wir uns am Horizont mehrere Punkte gesucht, die hintereinander lagen, zum Beispiel einen Hausgiebel und zwei Fenster eines anderen Hauses. An der Stelle, wo also der Giebel genau zwischen den Fenstern lag, haben wir die Bretter vergraben. Und im nächsten Jahr haben wir auf die gleiche Art die Stelle wieder gesucht. Aber heute braucht man das nicht mehr, es gibt ja zum Glück GPS-Empfänger. Der Vermessungspfeiler steht auch gar nicht mehr."
Christopher nahm eine lange, dünne Metallstange zur Hand und begann, im Sand zu stochern.
„Wie tief liegen die Bretter?", wollte Nikolas wissen.
„Genau kann ich das nicht sagen, vergraben haben wir sie ungefähr vierzig Zentimeter tief, aber es kann natürlich sein, dass der Wind Sand dazugeweht oder abgetragen hat."

In diesem Augenblick traf er auf Widerstand.

„Ah, da ist sie“, verkündete er erfreut „Lilly, gib mir bitte die Schaufel.“

Lilly reichte sie ihm, und Christopher begann mit Schwung, ein Loch auszuheben. Die Kinder schnappten sich ihre kleinen Schaufeln und halfen tatkräftig mit. Janne bot den Eltern seine Schaufel an, sodass auch Mama und Papa abwechselnd graben konnten. Nach einer Viertelstunde hatten sie eine Stelle so groß wie ein Doppelbett freigegraben, und in der Grube konnte man eine Menge Bretter, Latten, Holzstücke, aber auch Plastikteile und eine zusammengefaltete grüne Plane erkennen. Obenauf lag eine gelb-rot-blau gestreifte Fahne mit einem Wappen in der Mitte. Die Farben waren ein wenig verblichen und der Rand ausgefranst.

Christopher hob die Fahne hoch, schüttelte den Sand ab und meinte: „Na, sieht doch nach all der Zeit noch ganz ordentlich aus, das gute Stück. Das ist die friesische Flagge.“

RÄTSELHAFTER FUND IM SAND

Unterhalb des Wappens war „Leewer duad üs slaav!“ zu lesen.
„Ihr könnt doch Friesisch. Was bedeutet das?“, rief Lilly ihren Nachbarn zu.
„Das heißt ‚Lieber tot als Sklave‘! Das Motto der unbeugsamen Friesen!“, antwortete Janne.
Lilly war fast ein wenig neidisch auf die Inselkinder, die diese ungewöhnlich klingende alte Sprache beherrschten. Nikolas hob inzwischen die ersten Bretter aus der Grube. Christopher, der ja als Einziger wusste, wie die Bude später aussehen sollte, legte sie sortiert im Sand aus.
Plötzlich hielt Nikolas inne. Er legte die Schaufel beiseite, hob etwas aus dem Sand und betrachtete es eine Weile.
„Schau mal, Christopher, gehört das auch zur Bude?“
Christopher sah sich an, was Nikolas gefunden hatte.
Das Gebilde in seiner Hand bestand aus Eisen, die Oberfläche war rau und rostig. Es war etwa so lang wie ein Löffel, ein Ende bestand aus einer dünnen Metallstange, das andere Ende mit zwei sichelförmigen Spitzen ließ sich durch eine Art Scharnier umklappen, sodass man es längs oder quer zu der Stange stellen konnte.
Auch Lilly und die Eltern betrachteten das ungewöhnliche Objekt.
„Nein, Nikolas, zur Bude gehört das nicht. Ich habe keine Ahnung,

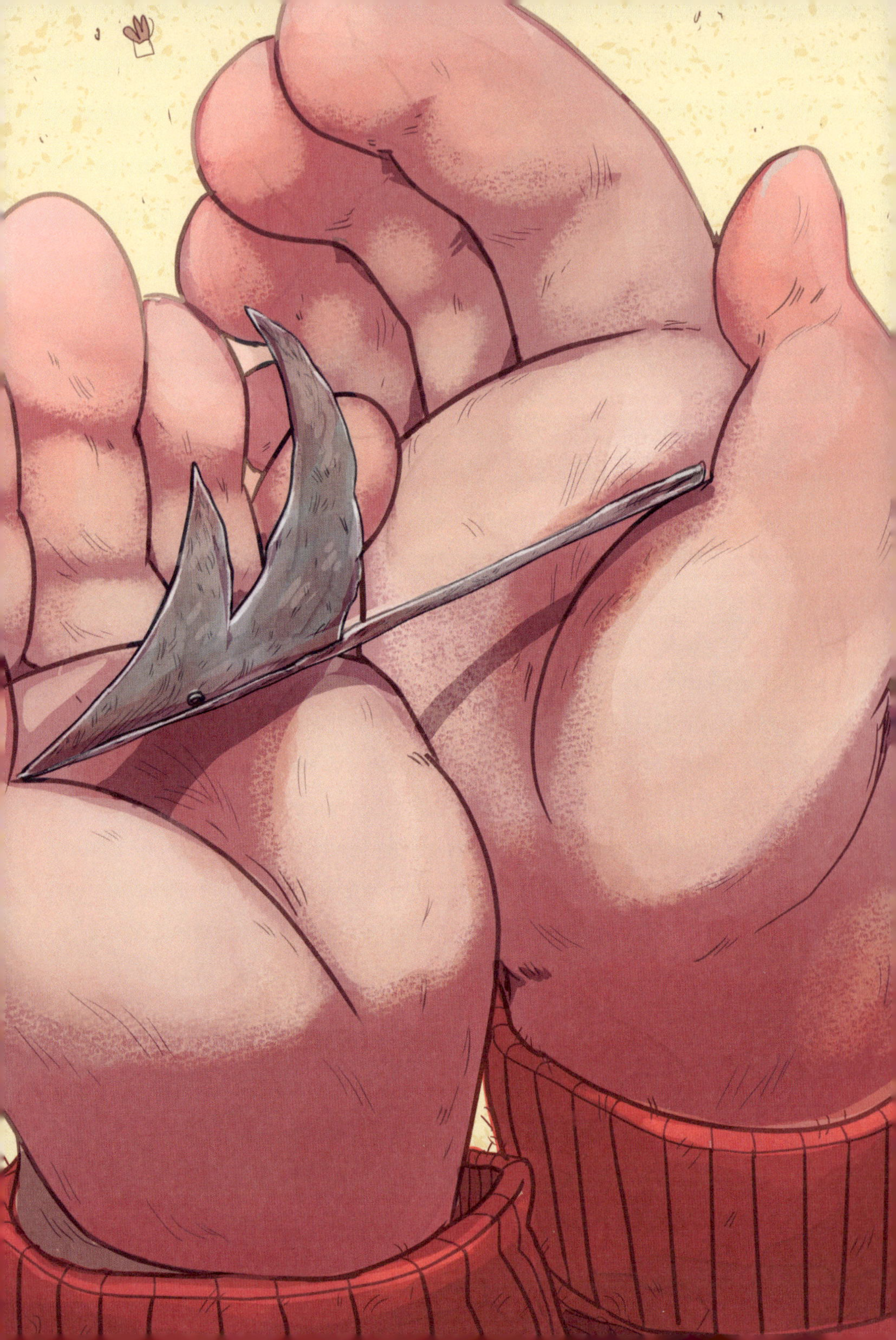

was das ist. Aber es sieht ziemlich alt aus. Vielleicht hast du einen historischen Fund gemacht", vermutete Christopher.
„Möglicherweise hat es zu einem Schiff gehört", fiel Papa ein.
„Oder es war ein Werkzeug." Mama kratzte sich nachdenklich am Kopf.
„Es ist spitz, vielleicht ein Messer", meinte Nikolas.
„Man kann es klappen, dann könnte es ein Taschenmesser gewesen sein", überlegte Lilly.
Auch Gesine und Janne waren aufmerksam geworden. „Zeig mal, was du gefunden hast", bat Gesine. Die Geschwister warfen einen Blick darauf. „Ich glaube nicht, dass es zu einem Schiff gehört. Dann ist es schon eher ein Messer. Vielleicht ist es aus der Eisenzeit? Wir haben hier auf Amrum ein eisenzeitliches Haus. Das ist nicht wirklich aus der Eisenzeit, die war ja schon vor über 2000 Jahren, aber man hat ein Haus nachgebaut, in dem man sehen kann, wie die Leute früher gelebt haben. Und vielleicht ist dieses Ding ja aus der Zeit."
„Kann man sich das Haus anschauen?", fragte Mama.
Janne nickte. „Klar, es steht in der Nähe der Vogelkoje. Auf dem Weg zum Quermarkenfeuer."
Vogelkoje, Quermarkenfeuer – das klang interessant. Lilly und Nikolas wurde klar, dass es auf der Insel noch viel zu entdecken gab. Aber zuerst wollte die Kniepsandbude fertig gebaut werden. Nikolas steckte das Fundstück in die Hosentasche und beschloss, sich später damit zu befassen.
Christopher hatte nun alle Teile der Bude geordnet. Aus Paletten mit quer darüber genagelten Brettern entstand die

Bodenplatte. Dann wurden in gleicher Bauart die vier Wände daran befestigt. Auch für diese Bude gab es ein kleines Fenster und eine Tür. Christopher und Nikolas nagelten einzelne Bretter als Dach obenauf und befestigten schließlich die grüne Plane als Regenschutz.

Lilly sammelte in der Zwischenzeit leere Herzmuscheln, von denen Unmengen im Sand lagen. Gesine zeigte ihr, wie man mit einem Schraubenzieher, den sie von Christopher geliehen hatten, Löcher in die Muscheln bohren konnte. Wenn man wusste, wo sich die Schwachstelle der Muschel befand – nämlich an der Rundung der schmalen Seite, wo die Rippen zusammenliefen –, dann ließ sich die ansonsten harte Muschelschale ganz leicht durchstoßen. Die Muscheln fädelte Lilly auf mehreren Schnüren auf.

Als sie eine Pause einlegten, versorgte Mama die fleißigen Arbeiter mit belegten Brötchen, Keksen und einer großen Schüssel süßer Kirschen. Christopher steuerte Getränke aus seiner Kühlbox bei. Auch Gesine und Janne bekamen etwas von den Leckereien ab. Nach der Mittagspause verabschiedeten sich die beiden und machten sich auf den Nachhauseweg.

Gestärkt zimmerte Christopher mit Nikolas' Hilfe aus den übrigen Brettern und Latten zwei einfache Bänke und ein Tischchen und stellte sie in die Hütte. Es gab auch noch eine kleine Kiste mit einem Deckel, die man als Hocker verwenden konnte. Lilly öffnete sie neugierig und staunte nicht schlecht darüber, was sie alles darin fand: einen pinkfarbenen Badeschlappen, zwei zerfetzte Wasserbälle, eine bunte Leine mit Wäscheklammern, mehrere Plastikflaschen, einen kleinen Korb, eine kaputte Schwimmflosse, eine rostige Blechkiste, ein buntes Eimerchen, eine gelbe Schaufel, ein grünes Fischernetz und mehrere plattgewalzte rostige Getränkedosen, auf denen man die Schrift bereits nicht mehr erkennen konnte.

„Oh, Lilly, du hast die Schatzkiste gefunden!" Christopher grinste fröhlich. „Mit dem ganzen Strandgut machen wir die Bude jetzt hübsch und unverwechselbar."

Sie dekorierten die Hütte nach Lust und Laune mit den Fundstücken, hängten das Netz auf, und aus den Dosen bastelten sie ein Mobile, das im Wind blechern bimmelte. Lilly hängte die gebastelten Muschelschnüre als Vorhang ins Fenster.

Zuallerunterst lag in der Kiste ein kleines Buch, wasserdicht in mehrere Plastiktüten eingeschlagen.

„Da ist ja auch das Logbuch!", erklärte Christopher, packte es aus und begann in dem Büchlein zu blättern.

„Hier haben viele Menschen hineingeschrieben, die unsere Bude besucht haben. Man konnte in den Kniepbuden immer Schutz suchen, wenn man hier draußen mal vom Regen überrascht wurde. Wir legen es wieder in der Bude aus", sagte er und platzierte das Buch in der Mitte des Tisches. Mama legte einen Kugelschreiber dazu.

Zuletzt holte Christopher noch eine kleine Dose Farbe und einen Pinsel aus dem Bollerwagen und begann, den Schriftzug auf dem letzten verbliebenen Brett nachzuziehen. Die Farbe war nach all den Jahren im Sand verblichen und die Schrift kaum noch zu lesen. Gespannt sahen Lilly und Nikolas zu, was Christopher schrieb, denn auf dem Brett sollte der Name der Bude stehen. „Ööder aran“, lasen sie.

„Das heißt ‚Zweite Heimat‘, denn das war Amrum für meine Familie immer“, erklärte Christopher.
„Das ist schön, das gefällt mir.“ Lilly klatschte in die Hände.
Christopher befestigte das Schild über der Tür. Die Bude von Janne und Gesine hieß „Letj huuwen“. Auch das war friesisch und bedeutete „Kleiner Hafen“.

Die Sonne war inzwischen schon weit über den Himmel gewandert, und es wurde langsam Abend. Die Kinder betrachteten stolz ihr Werk.

„Deine Bude ist total schön, Christopher!“, sagte Lilly.

„Meine Bude? Das ist ab sofort unsere Bude!“, entgegnete Christopher. „Ohne euch hätte ich sie sicher nicht so schnell und vor allem nicht so schön aufbauen können. Vielen Dank für eure Hilfe. Ihr könnt natürlich zur Bude kommen, wann immer ihr möchtet.“

Die Kinder strahlten. Nachdem sie die Hütte fotografiert und das Bild an Oma und Opa zu Hause geschickt hatten, machten sie sich auf den Heimweg. Vor der Ferienwohnung trafen sie Herrn Lorenzen. Nikolas kramte sein Fundstück aus der Hosentasche und zeigte es ihm.

„Haben Sie eine Idee, was das sein könnte?“, fragte er. „Das habe ich heute am Strand ausgegraben.“

Der Verwalter betrachtete das eigenartige Objekt von allen Seiten. Ratlos schüttelte er den Kopf. „Nein, ich habe leider keine Ahnung. Aber ihr könntet im ‚Öömrang Hüs‘ nachfragen. Das ist ein Museum in einem alten Friesenhaus. Vielleicht weiß dort jemand etwas.“

Nun hatte er bereits zwei Anlaufstellen, an denen er nachfragen konnte, überlegte Nikolas. Es wäre doch gelacht, wenn sich nicht herausfinden ließe, was das für ein merkwürdiges Gerät war! Mit diesem festen Vorsatz fiel Nikolas direkt nach dem Abendessen ins Bett und schlief – müde vom aufregenden Tag – sofort ein. Auch Lilly erging es nicht anders.

5 Wie die alten Friesen lebten

Am nächsten Morgen bestanden Nikolas und Lilly darauf, direkt nach dem Frühstück das „Öömrang Hüs“ in Nebel zu besuchen. Sein Fundstück hatte Nikolas in einem kleinen Beutel mit dabei. Ein kurzer Fußweg führte die Familie zum Waaswai, dem Wattweg, wie Herr Lorenzen ihnen übersetzt hatte. Er hatte ihnen auch erklärt, dass „Öömrang“ die Bezeichnung für das auf Amrum gesprochene Friesisch ist.

Das „Öömrang Hüs“ selbst war ein altes, reetgedecktes Friesenhaus, das einst einem Kapitän gehört hatte. Das Haus war eingerichtet wie zu seinen Lebzeiten im 18. Jahrhundert und diente nun als Museum. Lilly, Nikolas und die Eltern traten ein und stellten überrascht fest, dass sie keinen Eintritt zahlen mussten. Eine ältere Dame begrüßte sie und führte sie in das erste Zimmer.

„Das ist die Kapitänsstube“, erklärte sie.

Als Erstes fiel Nikolas das große Bild eines Segelschiffes auf, das die Mitte einer blau-weiß gefliesten Wand zierte. Daneben stand ein großer, gusseiserner Ofen.

„Was für ein tolles Schiff!“, urteilte Nikolas, während Lilly die blankpolierten Messingkugeln auf den Ecken des Ofens bewunderte.

„Die glänzen aber schön golden. Wie die Kugel vom Froschkönig!“, rief sie.

Die Dame, die Familie Sonnenschein hereingebracht hatte, lächelte.

„Da habt ihr schon die beiden wichtigsten Ausstellungsstücke in diesem Raum gefunden. Das Schmackschiff auf den Fliesen, ein zweimastiger Küstensegler, gehörte dem Kapitän, der hier einmal gewohnt hat. Und dieser Ofen ist ein sogenannter ‚Bilegger‘, ein Beilegerofen, den man von der Küche nebenan beheizt hat. Mit den Kugeln hat es eine besondere Bewandtnis.“ Vorsichtig schraubte sie eine der Kugeln ab und legte sie Lilly in die Hand.

„Im Winter hat man diese Kugeln, die vom beheizten Ofen immer warm waren, als Handwärmer in die Jackentasche gesteckt und mit nach draußen genommen.“

„Das ist ja eine kluge Idee!“, staunte Mama.

Lilly durfte die Kugel wieder auf den Ofen schrauben.

Neben einem Tisch mit vier Stühlen gab es noch zwei Bettnischen an der Wand, die man mit Klappen verschließen konnte.

„In diesem Zimmer hat man gewohnt und geschlafen, denn man wollte die Wärme des Ofens möglichst gut ausnutzen. Die Betten dort nennt man Alkoven. Die Menschen haben meist im Sitzen geschlafen", erklärte die Museumsmitarbeiterin.

„Stimmt, darin könnte ich mich gar nicht ausstrecken!" Papa lachte.

Im nächsten Raum gab es eine Feuerstelle mit einem großen Topf und Regale mit Geschirr und Haushaltsgegenständen.

„Das ist die Küche!“, stellte Lilly fachmännisch fest.
Die Dame vom Museum erklärte ihnen einige der Geräte und zeigte ihnen noch weitere Stuben. Viele Wände waren vom Boden bis zur Decke mit blau-weißen Fliesen gekachelt. Manche trugen ein Blumenmuster, andere zeigten ganze Bilder mit Häusern oder Menschen.
„Es sind niederländische Kacheln, sie stammen aus der Hafenstadt Harlingen oder dem benachbarten Makkum, rund 600 Kilometer von hier entfernt“, erklärte Papa, und Mama ergänzte: „Sie sind handbemalt.“
Nikolas fiel inzwischen wieder ein, weswegen sie hergekommen waren. Er kramte das Metallstück heraus und zeigte es der Dame. „Das habe ich gestern im Sand auf dem Kniep gefunden. Wissen Sie, was das ist?“
Die Dame sah sich das Fundstück von allen Seiten an, bewegte auch das Scharnier, aber dann schüttelte sie den Kopf. „Tut mir leid, so etwas habe ich noch nie gesehen. In unserem Museum gibt es ein solches Gerät nicht.“
„Schade.“ Nikolas senkte enttäuscht den Kopf.
„Ich glaube aber, dass es sehr alt ist. Du könntest bei Georg Quedens nachfragen, der kennt sich mit der Amrumer Geschichte und mit Ausgrabungen bestens aus. Ich kann mir vorstellen, dass er dir weiterhelfen kann.“
„Wo finden wir Herrn Quedens?“, erkundigte sich Mama.
„Sie haben Glück. Er hält heute Abend einen Diavortrag im Nebeler ‚Haus des Gastes‘. Ich empfehle Ihnen, seinen Vortrag zu besuchen, er spricht immer sehr interessant und unterhaltsam. Und bei der Gelegenheit können Sie ihn gleich fragen.“

„Das klingt gut. Das machen wir gerne“, sagte Mama.
„Aber vorher wollen wir noch an den Strand! Die Sonne scheint so schön“, freute sich Lilly. Sie bedankten sich für die interessanten Informationen, verabschiedeten sich, und Papa steckte noch einen Geldschein in die Spendenbox.
Sie spazierten zurück zur Ferienwohnung, packten Badesachen und belegte Brote ein und radelten los. Der Radweg führte durch die Siedlung Westerheide und den Wald. Nikolas entdeckte einen Wegweiser, auf dem stand: „Vogelkoje, 1,8 Kilometer“. Und darunter: „Quermarkenfeuer“, „Eisenzeitliches Haus“.
„Davon hat Janne gestern erzählt!“, rief Nikolas aufgeregt. „Vielleicht erfahren wir dort etwas über meinen Fund!“
„Aber was ist eine Vogelkoje?“, fragte Lilly.
„Ich weiß es leider nicht, aber was haltet ihr davon, wenn wir einfach diesem Wegweiser folgen? Dann erfahren wir es“, schlug Papa vor.
Kurz darauf erreichten sie einen großen freien Platz am Waldrand. „Vogelkoje Meeram“ stand auf einem Schild. Dort gab es einen Teich, ein Gehege mit Damwild, einen Spielplatz, Picknickbänke, einen Kiosk, aber vor allem Unmengen von Gänsen. Junge und alte Tiere liefen schnatternd durcheinander und wurden von den Besuchern gefüttert.
„Oh, die kleinen Gänse sind ja niedlich!“, rief Lilly begeistert. „Ich möchte sie auch gerne füttern! Meinst du, sie mögen Kekse, Mama?“
„Aber nein, Lilly, den Gänsen darfst du auf keinen Fall Kekse geben! Sie werden davon krank!“, warnte Mama. Sie sah sich um.

„Schau, dort am Kiosk gibt es Futter für die Tiere." Sie stellten die Fahrräder ab, und Mama kaufte für Lilly ein Tütchen Vogelfutter. Gemeinsam fütterten sie vergnügt die Gänse.

Manche waren so zahm, dass sie das Futter aus Lillys flacher Hand fraßen.

In der Zwischenzeit hatten Nikolas und Papa eine Informationstafel zur Vogelkoje gelesen. Während sie zu dem eckigen kleinen Teich – der eigentlichen Koje – gingen, auf dem sich eine Menge Wasservögel tummelten, erklärte Nikolas Mama und Lilly deren Funktionsweise. „In der Vogelkoje hielt man früher zahme Enten, die wegen ihrer gestutzten Flügel nicht wegfliegen konnten. Diese zahmen Enten lockten Wildenten an, auf dem Teich zu landen. In jeder Ecke des Teichs gab es eine sogenante Pfeife, einen engen Kanal mit einem Käfig am Ende." Nikolas deutete auf einen solchen Käfig, an dem sie gerade vorbeigingen. „Die zahmen Enten wurden hineingelockt, die Wildenten schwammen hinterher und zack, hatte man sie gefangen."

„Oh, wie gemein! Warum haben die Menschen das gemacht?", empörte sich Lilly.

„Die Menschen auf Amrum haben das nicht aus Boshaftigkeit getan. Sie mussten sich ja irgendwie ernähren, und früher war man auf das Fleisch der Enten angewiesen. Aber keine Sorge, Lilly, heute wird die Vogelkoje nicht mehr genutzt", tröstete Papa und strich Lilly übers Haar.

SPAZIERGANG IN DIE VERGANGENHEIT

Nachdem sie sich auf dem Lehrpfad der *Vogelkoje* über die umliegende Natur informiert hatten, stießen sie auf einen Wegweiser zum *Quermarkenfeuer* und dem eisenzeitlichen Haus. Ein Bohlenweg führte durch die Amrumer Dünen. Der Weg bestand aus Brettern und war etwa einen halben Meter über dem Boden angebracht.

„Warum laufen wir auf so einem komischen Weg und nicht durch den Sand?", wunderte sich Nikolas.

„Diese Stege dienen dem Schutz der Dünen. Die Dünen wiederum schützen die Dörfer vor Sturmfluten. Wenn alle kreuz und quer durch die Dünen laufen würden, dann wären sie schnell zerstört und die Pflanzen zertrampelt. Die halten aber mit ihren Wurzeln den Sand fest und verhindern, dass er weggeweht wird. Deshalb darf man nur auf den Bohlenwegen durch die Amrumer Dünen laufen", erläuterte Papa, der ein Hinweisschild gelesen hatte.

Der Holzsteg stellte sich gleichzeitig als Weg in die Vergangenheit heraus, denn in regelmäßigen Abständen konnte man auf Metallplaketten den Zeitpunkt bestimmter geschichtlicher Ereignisse ablesen. „750 n. Chr. – Einwanderung der Friesen", stand da zum Beispiel. Lilly und Nikolas waren den Eltern stets ein paar Schritte voraus und wetteiferten, wer als Erster die nächste Plakette entdeckte. So kam es, dass sie mit einem Mal überraschend am Ende

des Bohlenweges angelangt waren, wo sich ein großes Dünental ausbreitete. Eine Hinweistafel wies es als „Archäologisches Areal" aus. Man hatte dort bei Ausgrabungen Besiedlungsreste aus der Eisenzeit gefunden, Häuser und Grabstätten. Ein solches Haus hatte man nach dem Vorbild der Ausgrabungen nachgebaut.
Im Zentrum des Dünentales stand das eigenartige, reetgedeckte Haus. Die Kinder schlüpften hinein und betrachteten das hölzerne Dachgebälk, an denen das Reet – kleine Bündel aus Schilfrohr – mit Kordeln befestigt war. Das tiefgezogene Dach reichte fast bis zum Boden, die niedrigen Wände bestanden aus aufgeschichteten Grassoden und waren mit Lehm verschmiert. Es gab eine Feuerstelle mit Sitzgelegenheiten auf der einen Seite und Stallungen auf der anderen.
„Haben die Menschen wirklich in einem Raum mit den Tieren geschlafen?", fragte Lilly. Sie liebte Tiere, aber mit Ziegen oder Schweinen das Haus zu teilen, kam ihr doch ungewöhnlich vor.
Der Vater nickte. „Ja, Lilly, das war früher üblich und auch praktisch, denn durch die Tiere war es warm im Haus."
Lilly schüttelte sich. „Aber die Tiere müffeln doch." Sie erinnerte sich an ihren letzten Besuch auf einem Bauernhof und den Geruch im Stall.
Papa zuckte die Schultern. „Tja, das musste man in Kauf nehmen."
Nikolas hatte sich nach weiteren Informationen über die Eisenzeit umgesehen, aber außer einer Hinweistafel über das Haus und seine Entstehungsgeschichte hatte er nichts gefunden. Anders als im „Öömrang Hüs" gab es hier auch niemanden, den man hätte fragen können.

„Ich glaube, hier finde ich nichts über mein Fundstück heraus“, sagte Nikolas enttäuscht.
„Heute Abend fragen wir Herrn Quedens, der kann dir vielleicht helfen“, tröstete Mama.
Sie verließen das *Eisenzeitliche Haus* und setzten ihren Weg zum *Quermarkenfeuer* fort. Neben dem großen *Amrumer Leuchtturm* in Wittdün gab es noch diesen kleineren bei Norddorf. Besonders in der Nacht verhinderten die beiden Leuchtfeuer mit ihren Lichtsignalen, dass Schiffe auf einer Sandbank vor Amrum auf Grund liefen.
Vom *Quermarkenfeuer* hatte man eine grandiose Aussicht über die Dünen bis zum Meer. In der Ferne konnte man sogar die Nachbarinsel Sylt sehen.
Nach einer kurzen Pause machten sie sich auf den Weg zurück zur *Vogelkoje*, stiegen wieder auf ihre Räder und radelten weiter zum Norddorfer Strand. Dort stellten sie vor dem Strandübergang die Räder ab. Auf einer Plakatwand neben dem Fahrradständer hingen bunte Plakate mit Veranstaltungshinweisen.
„Schaut mal“, sagte Mama. „Hier wird eine Wattwanderung nach Föhr angeboten. Das würde ich gerne machen.“
„Watt für ’ne Wanderung?“, witzelte Nikolas.
„Aber Föhr ist doch eine Insel. Da kann man hinlaufen?“, wunderte sich Lilly.
„Ja, bei Ebbe ist das möglich, aber nur, wenn man sich auskennt, deshalb macht man eine solche Wanderung unbedingt mit einem Wattführer. Was haltet ihr davon, wenn wir mitwandern und uns dann die Insel Föhr gleich anschauen?“

„Au ja, das machen wir“, freute sich Lilly. „Treffpunkt ist morgen Früh um 8 Uhr in Norddorf.“ Mama notierte die Telefonnummer des Wattführers, um sich für die Wanderung anzumelden.

„Um acht?“, stöhnte Nikolas. „Das ist viel zu früh!“

„Du wirst es überleben!“, sagte Mama.

„Aber nur, wenn wir einen Schatz finden. Oder ein Schiffswrack.“

„Na, mal sehen was sich machen lässt, Käpt'n Nikolas.“

Sie liefen lachend weiter zum Strandübergang und stiegen zuerst auf die Aussichtplattform gleich hinter dem Übergang. Dort hatte man eine fantastische Aussicht über die endlose Weite des Strandes. Der Himmel war blau mit ein paar weißen Wolkenfetzen, der Wind wehte kaum, und sehr gemächlich rollten die Wellen heran. Wie bunte Perlen verteilten sich die Strandkörbe auf dem leuchtend weißen Strand.

„Lasst uns auch einen Strandkorb mieten, das wäre doch gemütlich“, schlug Mama vor. Sie mieteten den Korb mit der Nummer 127 und machten sich auf den Weg dorthin. Lilly wollte baden und flitzte gleich los über den weichen Sand. Nikolas rannte hinterher. Die Eltern hatten Mühe, Schritt zu halten. Als sie bei dem blau-weiß gestreiften Korb mit der Nummer 127 angekommen waren, drehten sie ihn in Richtung Meer. Während es sich die Eltern im Strandkorb bequem machten, streifte Lilly Rock und T-Shirt ab und rannte im Bikini zum Meer. Nikolas folgte ihr. Sie mussten noch ein gutes Stück bis zum Flutsaum laufen, denn das Wasser hatte seinen Höchststand noch nicht erreicht.

Lilly streckte zuerst nur eine Zehenspitze ins Wasser und schüttelte sich dann, weil das Wasser kalt war.

„Los, rein mit dir, sei kein Frosch!“ Nikolas spritzte sie nass und scheuchte sie ins Wasser. Lilly kreischte und rannte davon, mitten in die Wellen hinein, die sich sanft an der vorgelagerten Sandbank brachen. Auch ihr Bruder watete ins Wasser.

Nach einer Weile schnappte sich Nikolas eine Schaufel und begann, eine Sandburg zu bauen. Auch wenn er immer behauptete, dafür schon viel zu alt zu sein, machte es ihm dennoch Spaß. Er hob ein großes Loch aus, häufte den Sand rings um das Loch herum auf und klopfte den feuchten Sand fest. Lilly kam aus dem Wasser und verzierte die Sandburg mit Muscheln, die sie am Strand sammelte.

Allmählich erreichte das Wasser die Sandburg. Niedrigwasserstand war um 10 Uhr morgens gewesen, und nun, am frühen Nachmittag, lief das Wasser bis zum Höchstwasserstand um 18 Uhr abends wieder auf. Nach einer guten halben Stunde war nichts mehr von der Burg übrig.

„Wir hätten die Burg wohl besser auf eine Warft bauen sollen, zum Schutz vor der Flut“, meinte Nikolas, und Lilly kicherte.

7 NEUE BEKANNTSCHAFT

Der Wind hatte inzwischen zugenommen. Als Nikolas aufblickte, sah er vier Personen, die kleine, surfbrettartige Boards zum Strand trugen. Statt eines Segels zog jeder Surfer eine Art Fallschirm hinter sich her, dessen Rand sie am Strand aufpumpten und mit Gurten am Körper befestigten. Sie brachten die Schirme in die Luft und gingen zum Flutsaum, wo jeder auf sein Brett stieg und sich vom Wind auf das Meer hinausziehen ließ. Geschickt nutzten sie Wind und Brandung und surften elegant über die Wellen. Gelegentlich zog es sie sogar für einen kurzen Hüpfer aus dem Wasser heraus.

„Was ist denn das?", sagte Nikolas, mehr zu sich selbst.

„Sag bloß, du hast noch nie Kitesurfer gesehen?", sagte eine Stimme hinter ihm.

„Kitesurfer?" Nikolas fuhr herum. Hinter ihm stand ein Junge, etwas älter als er selbst, in bunten Shorts mit einer coolen, hochgegelten Stirntolle.

„Ja, das sieht man doch. Die surfen mit einem Schirm – Kite! Ich hab das schon ganz oft gemacht. Macht voll Laune. Aber da muss man schon ein echter Könner sein, so wie ich. Das ist nur was für große Jungs."

„Ich bin schon 12!", empörte sich Nikolas.

„Na gut. Ich bin 14. Ich heiße Ben."

„Ben, aha. Ich heiße Nikolas. Bist du auch hier im Urlaub?"

„Nee, ich bin mit meiner Mutter und meinen beiden Schwestern hier zur Kur, weil wir Asthma haben."

Ben deutete auf zwei Mädchen, die am Strand spielten und etwas jünger zu sein schienen als Lilly.

„Das sind Hanna und Lotta. Wir wohnen drüben in der Kurklinik", erklärte Ben.

Nikolas waren die vielen Klinikgebäude auf dem Weg zum Strand aufgefallen, und er hatte sich gewundert, warum es so viele Krankenhäuser auf einer so kleinen Insel gab. Er hatte aber auch davon gehört, dass die Nordseeluft Menschen guttat, die Probleme mit den Atemwegen hatten. Kurkliniken waren das also – ja, das ergab Sinn.
In diesem Moment kam eine von Bens Schwestern herübergelaufen und rief Lilly zu: „Schau mal, was für eine riesige Muschel!"
„Die ist wirklich riesig", bewunderte Lilly sie.
„Wir haben ganz viele Muscheln gesammelt, willst du mal schauen?"
Lilly nickte.
„Ich bin Lotta", sagte das Mädchen. „Und das da drüben ist meine Zwillingsschwester Hanna."
„Ich heiße Lilly", stellte sich Lilly vor und ging mit Lotta mit, um sich die Muschelsammlung anzuschauen. Wenig später waren die drei Mädchen ins Spiel vertieft.
„Dort drüben, bei der Surfschule, da kann man das Kiten lernen", sagte Ben und deutete auf eine Bude am Dünenrand.
„Oder traust du dich nicht?", stichelte er. „Das ist nur was für coole Typen."
Nikolas zögerte. Er hatte große Lust, das Kitesurfen einmal zu versuchen, aber etwas mulmig war ihm bei der Vorstellung doch. Er war zwar ein guter Schwimmer, aber schon oft hatte er gehört, dass man auf dem offenen Meer sehr vorsichtig sein musste, weil Wind und ablaufendes Wasser einen schnell weit hinausziehen konnten, und dann schaffte man es womöglich nicht mehr zurück.

„Hab ich mir gedacht, dass du dich nicht traust", sagte Ben abschätzig. „Wie gesagt, das ist nix für Feiglinge!"
Feige – das wollte Nikolas natürlich nicht sein. Und das Kitesurfen sah aus, als würde es großen Spaß machen. Also ging er zu seinen Eltern und bat sie, eine Schnupperstunde machen zu dürfen. Mama und Papa erlaubten es gern und gaben Nikolas Geld dafür. Nikolas meldete sich in der nahegelegenen Surf- und Segelschule für einen Schnupperkurs an.
Während Lilly mit Hanna und Lotta spielte, unterhielt sich Nikolas mit Ben noch über dieses und jenes. Eigentlich war Ben ganz nett, aber ein bisschen angeberisch, denn alles, wovon Nikolas erzählte, hatte er ebenfalls schon erlebt oder gesehen und natürlich immer ein bisschen größer, besser und schöner. Nur vom Budenbau auf dem Kniep hatte er noch nie gehört.
„Das ist ja cool. Die Bude musst du mir mal zeigen", sagte Ben.
Nach einer Weile erschien die Mutter der drei Geschwister. „Benni?! Hanna, Lotta! Wir müssen los, es gibt gleich Abendessen. Wenn wir zu spät kommen, kriegen wir nichts mehr." Ben rollte mit den Augen. Zum einen, weil seine Mutter ihn Benni genannt hatte,

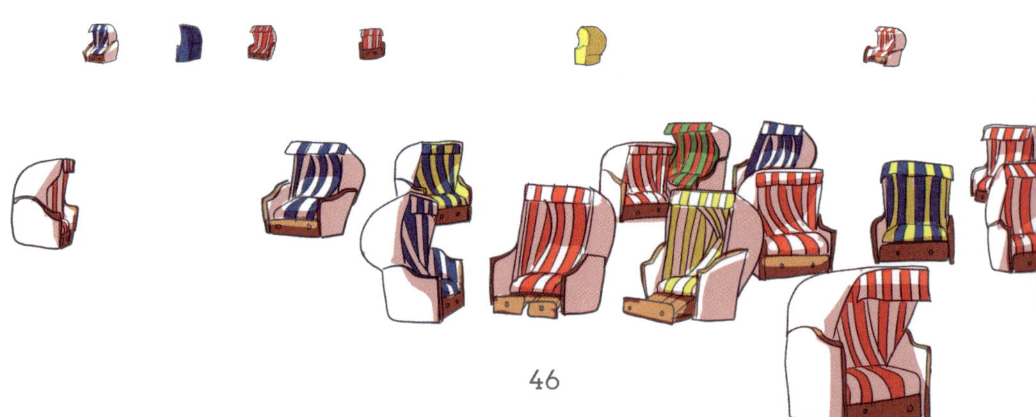

was er uncool fand, zum anderen, weil man immer schon um 17.30 Uhr zum Abendessen in der Klinik sein musste. Er wäre lieber noch am Strand geblieben.

„Komm schon, Benni! Oh, hallo, du hast jemanden kennengelernt? Ich bin Bens Mama“, begrüßte sie Nikolas. Sie blickte zu ihren Töchtern. „Und die Mädchen spielen auch mit jemandem? Wie schön.“

„Das ist meine Schwester Lilly, und ich bin Nikolas.“

„Leider müssen wir jetzt wirklich los, es ist spät. Aber vielleicht sehen wir uns morgen am Strand wieder“, sagte Bens Mutter.

„Ja, das wäre cool, Mann!“ bekräftigte Ben. Dann machte er sich mit seiner Mutter und den beiden Schwestern auf den Weg, die ebenfalls bedauerten, nicht länger mit Lilly spielen zu können.

„Ja, vielleicht sehen wir uns in den nächsten Tagen. Tschüss!“, verabschiedete sich Nikolas.

„Bis bald“, rief Lilly.

EIN ERSTER HINWEIS

Auch Familie Sonnenschein begab sich auf den Heimweg. Sie radelten zurück durch den „Strunwai“, friesisch für Strandweg, und schoben die Räder durch die Norddorfer Fußgängerzone. Vor einer Bude mit der Aufschrift „Käpt’n Crêpes“ blieb Nikolas stehen.

„Ich habe einen Bärenhunger! Können wir einen Crêpe essen?“, bat er.

„Ja, bitte, das riecht so lecker!“, stimmte Lilly ein.

Die Eltern waren einverstanden, und während Nikolas und Lilly sich Crêpes mit Zimtzucker und Schokosoße aussuchten, aßen die Eltern jeweils einen mit Tomatensoße, Hirtenkäse und frischen Kräutern, eine Spezialität des Hauses.

Satt und zufrieden radelten sie zurück zur Ferienwohnung, zogen sich rasch um und begaben sich zum „Haus des Gastes“ in Nebel. Dort sollte der Diavortrag von Herrn Quedens stattfinden. Nikolas hatte sein Fundstück wieder dabei.

Sie betraten den bereits zur Hälfte gefüllten Vortragsraum und suchten sich einen Platz. Ein älterer Herr mit Bart und weißem Haar hantierte mit einem altertümlich aussehenden Gerät, das ein helles Viereck auf eine Leinwand strahlte.

„Papa, was ist eigentlich ein Diavortrag?“, fragte Lilly.

Der Vater schmunzelte. „Weißt du, Prinzessin, früher, als es noch keine Digitalkameras gab, deren Bilder man sich am Computer ansehen und mit einem Beamer an die Wand projizieren konnte, da hat man mit einer analogen Kamera Fotos gemacht und durchsichtiges Filmmaterial belichtet. Man hatte dann ganz kleine Bildchen auf einer Art Folie, sogenannte Diapositive oder abgekürzt Dias. Die steckte man in einen kleinen Rahmen aus Plastik und mit einem Diaprojektor, so einem Gerät wie es da vorne steht, konnte man mit Hilfe einer Vergrößerungslinse – so ähnlich wie im Fernglas – und einer hellen Lampe die Bilder ganz groß an die Wand werfen. Das werden wir gleich sehen", erklärte Papa.

Ein paar Minuten später begann der Vortrag. Herr Quedens begrüßte alle Gäste, stellte sich vor und erzählte, dass er schon sein ganzes Leben auf Amrum habe verbringen dürfen.

„Sie fragen sich vielleicht, warum ich so einen altertümlichen Apparat aus der späten Bronzezeit verwende", sagte Herr Quedens. Das Publikum lachte. Er schob ein Dia von Hand vor die Linse und die Lampe des Projektors. Das erste Bild erschien auf der Leinwand. Herr Quedens hatte eine sympathische Stimme und redete mit typisch friesischer Betonung.

„Nun, dieser Apparat hat mich im Gegensatz zu der modernen Technik noch nie im Stich gelassen, und so einen neumodischen Schnickschnack brauche ich gar nicht, um Ihnen etwas über Amrum zu erzählen."

Und dann begann er, Geschichten zu seinen Bildern zu erzählen. Über die einzigartige Natur auf

Amrum, das Wattenmeer und die Vogelwelt, über die Gefahren der Nordsee, Stürme und Gezeiten, über gestrandete Schiffe, angespülte Schätze und die Strandräuberei, über die Geschichte Amrums und das Leben der Inselfriesen, bevor die ersten Urlaubsgäste auf die Insel kamen.

„Karg und beschwerlich war das Leben auf den Inseln. Allein von der Landwirtschaft konnte man kaum leben, denn die große Sturmflut von 1634 hatte fruchtbares Ackerland ins Meer gerissen. Und so gingen die Insulaner von Amrum, Sylt und vor allem Föhr auf Walfang, denn das brachte einen guten Lohn. Viele Männer von den Inseln verbrachten die Sommermonate auf Schiffen vor Spitzbergen und machten Jagd auf Wale. Besonders begehrt war der Speck der Wale, aus dem man Tran auskochte und als Lampenöl verwendete. Das ging aber nicht immer gut aus, denn die Jagd war gefährlich, und viele Männer kehrten vom Walfang nicht zurück. Unfälle waren an der Tagesordnung, auch für die Amrumer Seeleute. Im 18. Jahrhundert waren die Wale durch die erbarmungslose Jagd beinahe ausgerottet."

„Deshalb ist der Walfang ja heute auch verboten!", rief Nikolas empört.

Georg Quedens nickte. „Ja, das ist richtig und auch wieder nicht. Verboten ist der Walfang seit 1982 für elf vom Aussterben bedrohte Arten, aber leider halten sich nicht alle Nationen daran. In Norwegen zum Beispiel hat man nie aufgehört, Wale zu jagen, und in Japan jagt man sie wieder zu Forschungszwecken. Viel verdienen kann man mit dem Walfang heutzutage nicht mehr. Leider sterben trotzdem jährlich immer noch viele Wale sinnlos, absichtlich oder unabsichtlich."

Nikolas ballte eine Hand zur Faust. „Wie gemein!“, sagte er.
Lilly machte ein trauriges Gesicht.
Herr Quedens fuhr fort. „Als der Walfang sich nicht mehr lohnte, fuhren viele Insulaner auf Handelsschiffen zur See, und gegen Ende des 19. Jahrhunderts kamen dann die ersten Badegäste. Das Seebad Wittdün entstand, und der Tourismus wurde die wichtigste Einnahmequelle. Damals wie heute kommen die Menschen wegen der schönen Natur und der guten Luft hier nach Amrum.“
Dann lächelte Herr Quedens spitzbübisch. „Und natürlich wegen der Diavorträge vom alten Quedens.“
Das Publikum lachte.
„Die Vortragsreihe geht übrigens in Zukunft an die nächste Generation über. Mein Sohn Kai wird künftig Vorträge über Amrum und die Nordsee halten“, ergänzte Herr Quedens und beendete unter Applaus seinen Vortrag. Als er begann, seinen Diaprojektor wieder einzupacken, trat Nikolas neben ihn.
„Herr Quedens, darf ich Sie bitte etwas fragen?“
„Na klaar, do man luas! Natürlich darfst du.“ Herr Quedens blickte Nikolas gespannt an, während dieser seinen Fund aus der Hosentasche kramte.
„Können Sie mir sagen, was das ist? Das habe ich gestern am Strand gefunden.“
Herr Quedens nahm die Metallspitze in die Hand und drehte sie hin und her. Er klappte das Scharnier auf und wieder zu.
„Da hast du aber etwas Außergewöhnliches gefunden. Wenn mich nicht alles täuscht, dann ist das wohl eine Harpunenspitze. Walfänger haben Harpunen benutzt, davon habe ich ja eben erzählt.

Das ist sogar eine besondere Harpune, denn sie hat ein Scharnier. Wo hast du sie denn gefunden?"
„Auf dem Kniepsand. Vor Wittdün, dort, wo die Strandbuden stehen."
Herr Quedens nickte wissend.
„Papa, Mama, habt ihr gehört? Ich habe die Spitze einer Harpune gefunden!". Nikolas hüpfte aufgeregt von einem Bein aufs andere.
Papa nickte anerkennend.
„Wie alt ist die Harpune?", fragte Lilly.
Herr Quedens wiegte den Kopf hin und her. „Das kann ich nicht genau sagen, aber die große Zeit des Walfangs war zwischen

dem 17. und dem 19. Jahrhundert. Anfangs gab es aber noch keine Harpunen mit Scharnier. Ich vermute, diese Harpune stammt eher aus der Mitte des 19. Jahrhunderts."

„Und was mache ich nun damit?" fragte Nikolas. „Darf ich die Harpune behalten?"

„Du könntest sie ins Fundbüro bringen", schlug Lilly lachend vor.

Alle lachten.

„Ich fürchte, da wird sich der Eigentümer nicht mehr melden", scherzte Papa.

Herr Quedens ergänzte: „Wenn man etwas Antikes gefunden hat, dann bringt man es am besten ins Museum, die wissen, was damit zu tun ist. Ich glaube zwar nicht, dass dein Fund eine besondere Bedeutung hat, denn es gibt einige solcher Harpunen in den Museen, aber man könnte vielleicht herausfinden, wie alt sie genau ist. Wir haben in Norddorf das *Naturzentrum Maritur*, das ist da, wo man auch das Walskelett anschauen kann. Frag doch einfach dort einmal nach. Und sag mir bitte Bescheid, ich wüsste gerne, ob ich richtig gelegen habe."

„Das mache ich gerne! Vielen Dank, Herr Quedens."

Sie verabschiedeten sich und gingen nach Hause. Nikolas plapperte auf dem gesamten Heimweg über seine Harpune und darüber, wie gespannt er war, zu erfahren, wie alt sie womöglich war, über die Abenteuer der Seefahrer auf ihren Segelschiffen und dass er am liebsten so schnell wie möglich wieder zur Kniepbude gehen wolle, um nach weiteren Fundstücken zu suchen. Er hörte erst auf zu reden, als er bereits im Bett lag und Lilly ihn mit einem unsanften Knuff in die Seite ermahnte, leise zu sein.

WANDERUNG ÜBER DEN MEERESGRUND

Am nächsten Morgen wartete Familie Sonnenschein wie vereinbart um 8 Uhr mit einer kleinen Gruppe weiterer Urlauber in der Norddorfer Fußgängerzone. Lilly und Nikolas gähnten abwechselnd. Früh aufstehen in den Ferien – das mochten sie überhaupt nicht. Aber die Wattwanderer mussten sich nach den Gezeiten richten, und man konnte nicht einfach loslaufen, wann man wollte.

Ein Mann mit kurzen, blonden Haaren kam auf die Gruppe zu und begrüßte alle freundlich. „Moin, liebe Gäste, mein Name ist Dark Blome."

Nikolas flüsterte Lilly zu: „Dark Blome, das klingt ja wie ein Superheld."

„Ja, stimmt", flüsterte Lilly zurück. „Vielleicht ist er ‚Wattenmeerman'!"

Während die Kinder kicherten, fuhr Herr Blome fort. „Ich freue mich, heute mit Ihnen gemeinsam das Watt zu erkunden. Das Wattenmeer gehört zum UNESCO-Weltnaturerbe, weil es einzigartig und schützenswert ist. Mehrere Tausend große und kleine Tierarten leben hier. Es gibt Seehunde und Wale, genauso wie Wattwürmer, Krebse und Muscheln, und – nicht zu vergessen – Fische und Vögel. Wir werden etwa drei Stunden brauchen, bis wir Föhr erreichen, und ich bin gespannt, welche

Tiere uns unterwegs begegnen. Auf jeden Fall werden wir ein Schiffswrack sehen, einen Priel durchqueren, und wer weiß – vielleicht findet der ein oder andere von Ihnen ein Stückchen Bernstein."

„Ein Schiffswrack, das ist ja cool!" Nikolas war beeindruckt.

„Oh ja, ich mag Bernstein!", jubelte Lilly. Zu Hause hatte sie bereits eine Kette und ein Armband aus Bernstein. Nikolas besaß sogar einen Bernstein mit einem darin eingeschlossenen Insekt.

Herr Blome wandte sich an Lilly. „Weißt du denn eigentlich, was Bernstein ist?"

„Na klar! Es ist kein richtiger Stein, sondern uraltes, versteinertes Baumharz", erklärte Lilly.

Nikolas ergänzte: „Bernstein ist viel leichter als echter Stein. Es gibt ihn in ganz vielen verschiedenen Farben und Sorten."

„Das ist ja wunderbar, dass wir kleine Bernsteinexperten dabeihaben!", sagte Herr Blome erfreut.

Sie liefen zunächst aus Norddorf hinaus, vorbei an den grünen Geestflächen. Herr Blome erklärte den Unterschied zwischen dem fruchtbaren Marschland und dem kargen Geestboden. Während sie eine Salzwiese überquerten, erzählte er von einem Käfer, der dort lebte, aber vom Aussterben bedroht war, dem Halligflieder-Spitzmaus-Rüsselkäfer. Lilly und Nikolas verschluckten sich beinahe vor Lachen über den lustigen Namen.

Am Ufer nahe der Amrumer Nordspitze zogen alle Schuhe und Strümpfe aus und marschierten ins Watt. Das

Meer hatte sich schon weit zurückgezogen, aber seinen Tiefstand würde es erst gegen 9.30 Uhr erreichen. Das Watt fühlte sich unter den Fußsohlen kühl und glitschig an. Man konnte darauf laufen, ohne einzusinken, nur an manchen Stellen war es so weich, dass es sich zwischen den Zehen durchdrückte. Die Kinder sprangen vergnügt zwischen den Pfützen hin und her, bis Herr Blome sie freundlich ermahnte: „Ich weiß, das macht Spaß, aber wir dürfen nicht trödeln. Wir müssen Föhr erreicht haben, bevor die Flut kommt."

Eindringlich ergänzte er: „Bitte denken Sie immer daran: Mit den Gezeiten ist nicht zu spaßen! Viele unterschätzen die Kraft und die Geschwindigkeit des Wassers, wenn es aufläuft, und nicht selten werden Urlaubsgäste von der Flut überrascht und müssen dann gerettet werden. Es hat auch schon Unglücksfälle gegeben, in denen jede Hilfe zu spät kam. Gehen Sie bitte niemals auf eigene Faust und ohne Kenntnis der Gezeiten ins Watt. Das ist äußerst gefährlich."

Dann lächelte er in die Runde. „Haben Sie sich eigentlich schon gefragt, warum auf dem Boden hier überall solche Häufchen herumliegen, die aussehen wie Spaghetti?"

Er nahm einen Klappspaten aus seinem Rucksack und grub ein kleines Stück des Wattbodens mit Spaghettihaufen aus. Vorsichtig zerteilte er den Sand mit den Händen und zum Vorschein kam ein etwa 15 Zentimeter langer, glitschiger Wurm. „Das ist ein Wattwurm."

Neugierig kamen die Wattwanderer näher und begutachteten das Tier. Obwohl Familie Sonnenschein diese besonderen Bewohner

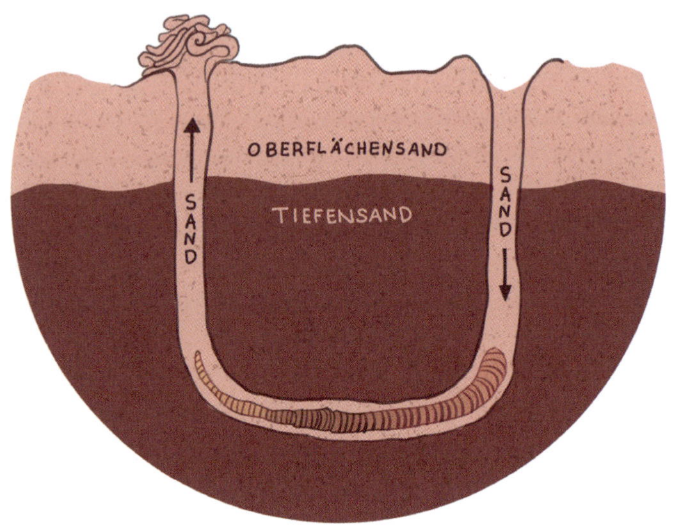

schon von früheren Wattwanderungen kannte, warfen sie einen gespannten Blick auf den kleinen Kerl.

„Der Wattwurm ernährt sich sozusagen von Watt. Er nimmt den Sand auf, filtert Pflanzenreste und Bakterien heraus, und den Rest drückt er hinten wieder raus. Das sind die Häufchen, die Sie hier überall sehen. Sie bestehen aus gesäubertem Sand. Für das Watt sind die Wattwürmer wichtig, denn sie graben es um, lockern es auf und reichern es mit Sauerstoff an. Davon profitieren andere Wattbewohner."

Sie wanderten weiter und erreichten einen Priel, einen Wasserlauf, der zwei Meeresabschnitte, die inzwischen leergelaufen waren, miteinander verband. Die Sonne war nun schon hoch aufgestiegen und blendete auf der Wasseroberfläche. Nikolas war froh, seine Sonnenbrille mitgenommen zu haben, und Lilly rückte ihren Sonnenhut zurecht.

„Wir durchqueren nun diesen Priel, man nennt ihn ‚Mittelloch'", erklärte Herr Blome. „Wir befinden uns an der niedrigsten Stelle, aber am besten ziehen Sie vorsichtshalber Ihre Hosen aus."
Nikolas und Lilly hatten zum Glück Badesachen unter ihre Kleidung gezogen und sprangen nun kreischend in das kühle Wasser. Mama und Papa reichte das Wasser nur bis zur Hälfte der Oberschenkel, aber die Kinder wurden bis über die Hüften nass.
Auf der weiteren Wanderung machte Herr Blome sie auf verschiedene Tiere und ihre Spuren aufmerksam. Sie fanden einen Krebs, untersuchten die unterschiedliche Beschaffenheit des Bodens und beobachteten Vögel. Auch die Geschichte der nordfriesischen Inseln Amrum, Föhr und Sylt kam nicht zu kurz. Herr Blome wusste so viele Dinge spannend zu erzählen, dass Nikolas überhaupt nicht dazu kam, sich zu langweilen, wie er befürchtet hatte.
Nachdem sie einige Zeit gewandert waren, fragte Herr Blome: „Wer hat schon einmal ein echtes Schiffswrack gesehen?" Alle schüttelten den Kopf, nur Lilly und Nikolas hoben die Hände. „Wir sind auf Norderney schon mal zu einem Schiffswrack gewandert", berichtete Nikolas.
„Und auf Fischland-Darß-Zingst kann man auf einem gestrandeten Schiff essen und übernachten", erinnerte sich Lilly. „Aber ein Wrack mitten auf dem Meeresgrund haben wir noch nie gesehen."
„Dann passt mal auf, wir werden hier gleich ein richtiges echtes Wrack zu sehen bekommen.
Erwartet aber nicht zu viel, man kann den Rumpf des Schiffes nur noch erahnen", sagte Herr Blome.

Tatsächlich erspähten die Kinder nach wenigen Metern die Reste eines Schiffes im Wattboden. Nur ein paar Spanten, also die tragenden Balken des Schiffes, waren noch zu sehen.
„Der Legende nach ist das hier das Wrack eines Segelschiffes mit dem Namen ‚City of Bedford'. Von England war es wohl im Jahr 1825 unterwegs nach Dänemark, geriet in einen Sturm und wurde manövrierunfähig. Dann lief es auf einer Sandbank zwischen Amrum und Föhr auf Grund. Vier Menschen überlebten, drei Segler starben und man sagt, sie wurden auf dem Friedhof in Süderende auf Föhr beigesetzt. Aber genau weiß das keiner."
Lilly und Nikolas malten sich aus, wie das Schiff ausgesehen haben mochte. Vielleicht so, wie das Schiff auf den Fliesen, das sie tags zuvor im „Öömrang Hüs" gesehen hatten? Nikolas und viele andere aus der Gruppe machten Fotos. Der Wattführer drängte jedoch zum Aufbruch. „Wir müssen gehen. Der Priel, den wir eben durchquert haben, läuft nun schon wieder voll, deshalb können wir nicht mehr zurück nach Amrum laufen, wir müssen weiter nach Föhr. Die Nordsee wartet nicht."
Als jüngste Teilnehmerin hätte Lilly gern eine Pause gemacht, aber das war nicht möglich, und so stapfte sie tapfer weiter zwischen den Erwachsenen vorwärts.
Mit einem Mal schien im Sonnenlicht auf dem Boden etwas golden zu funkeln. Lilly bückte sich, um danach zu sehen. In einem kleinen dunkelorangefarbenen Gegenstand, etwa so groß wie ein Bonbon, brach sich das Sonnenlicht.

10 Lillys Entdeckung

Lilly hob den Gegenstand auf und zeigte ihn ihrer Mutter. „Schau mal, Mama, das habe ich gerade gefunden. Das könnte doch ein Bernstein sein."

Mama betrachtete das Bröckchen und nickte. „Ja, das könnte sein. Frag doch unseren Wattführer."

Lilly sprang sofort zu Herrn Blome und bat ihn, sich ihren Fund anzusehen.

„Ja, das sieht tatsächlich aus wie Bernstein. Da hast du aber Glück gehabt, denn im Sommer findet man höchst selten Bernstein hier draußen. Die Bernsteinzeit ist eher im Herbst, wenn es stürmt. Aber wir wollen herausfinden, ob es tatsächlich Bernstein ist." Er sah sich um und wandte sich dann an Nikolas. „Du kennst dich doch mit Bernstein aus, richtig?"

Nikolas, der erst jetzt auf den Fund seiner Schwester aufmerksam geworden war, antwortete: „Er schwimmt in Salzwasser an der Oberfläche. Und er ist brennbar, wenn man ihn anzündet, riecht es nach Wald. Bernstein ist auch ganz weich. Als ersten Test kann man versuchen, ihn ein wenig einzuritzen."

Herr Blome nahm eine Münze aus seiner Hosentasche und drückte sie gegen Lillys Fund. Tatsächlich konnte man nun ganz schwach den Abdruck der Münze erkennen. „Kein Zweifel, das ist Bernstein!"

Lilly begann zu strahlen. „Es ist wirklich Bernstein!“, flüsterte sie stolz. „Ich habe Bernstein auf dem Meeresboden gefunden. Das muss ich nach den Ferien meinen Freundinnen erzählen!“
„Vor allem ist dein Urlaubssouvenir mindestens 40 Millionen Jahre alt oder älter“, sagte Herr Blome und ergänzte, nun an alle gewandt: „Wenn Sie nicht ganz sicher sind, dass es sich um Bernstein handelt, dann stecken Sie Ihren Fund bitte nicht in die Hosentasche sondern in eine Blechdose oder in ein Glas. Oft wird Bernstein mit Phosphorbrocken verwechselt, die sich selbst entzünden, wenn sie trocknen, das kann zu schweren Verbrennungen führen.“
Nikolas war ein klein wenig neidisch darauf, dass Lilly den Bernstein entdeckt hatte, aber er freute sich dennoch mit ihr. Schließlich hatte er ja die Harpunenspitze gefunden.
Abermals mahnte Herr Blome zur Eile. „Es ist aber nicht mehr weit bis Föhr“, ermunterte er die stöhnenden Kinder. Tatsächlich dauerte es nicht mehr lange, bis sie auf eine kleine Treppe zuliefen, die auf den Föhrer Deich hinter Dunsum führte.
„Nun sind wir auf Föhr angekommen. Ich hoffe, es hat Ihnen Spaß gemacht. Ich begleite Sie nun noch zur Bushaltestelle und zum Fähranleger in Wyk. Von dort aus geht es mit der Fähre zurück nach Amrum. Wer möchte kann natürlich auch noch länger auf Föhr bleiben und sich die Insel ansehen.“
Familie Sonnenschein wollte gerne noch die Insel erkunden. Es war ja schließlich erst elf Uhr morgens.
Mama hatte sich am Abend aus dem Reiseführer und dem Internet herausgesucht, was auf Föhr sehenswert ist. „Als Erstes fahren wir mit dem Bus nach Süderende. Dort möchte ich mir die Kirche und

den Friedhof ansehen." Nachdem sie an der Haltestelle belegte Brötchen gegessen hatten, kam der Bus und brachte sie ins Nachbardorf Süderende.

Rasch fanden sie die Kirche mit dem Namen *St. Laurentii*, der Kirchturm wies ihnen den Weg. Die schlichte alte Inselkirche aus rotem Backstein gefiel Mama auf Anhieb, und während sie sich den Innenraum ansah, betrachteten die Kinder mit Papa die Grabsteine auf dem Friedhof.

„Schaut mal, ein Segelschiff!", rief Lilly.

Auf einem Grabstein hatte sie das farbige Bild eines Schiffes entdeckt. Nikolas las interessiert den langen Text unterhalb des Bildes. Das Leben des verstorbenen Seemanns und seiner Familie wurde dort erzählt. Sie fanden auch den Grabstein des „Glücklichen Matthias", eines Föhrer Seefahrers namens Matthias Petersen, der als Walfänger zu großem Wohlstand gekommen war. Mama kam wieder aus der Kirche und berichtete, dass dort das Modell eines Segelschiffs von der Decke hing.

Langsam wurde es Zeit für eine Mittagspause. Im Reiseführer hatte Mama das Café „Stellys Hüüs“ ausgesucht. Nur wenige hundert Meter entfernt befand sich im Dörfchen Oldsum das idyllische kleine Café mit angeschlossener Töpferei. Sie fanden einen gemütlichen Platz in einer Ecke. Jeder Tisch war unterschiedlich gedeckt und liebevoll dekoriert, man konnte auf hölzernen Stühlen oder auf einem Sofa sitzen, und überall gab es etwas zu sehen. Lilly lief von einem Regal zum anderen und betrachtete Vasen, Bilder, Lämpchen und kleine Figuren. Sie konnte sogar einen Blick auf die Töpferscheibe werfen.

Rasch wurde der bestellte Kuchen gebracht. Papa hatte sich für ein Stück Apfelkuchen entschieden, Mama für eine Waffel, Lilly aß einen Windbeutel, und Nikolas freute sich über eine Riesenportion Käsekuchen mit Eis und Sahne. Lilly war begeistert von dem Geschirr. Jeder Teller und jede Tasse war handgetöpfert und in den Farben Blau und Weiß gehalten. Am schönsten fand Lilly eine weiße Tasse mit blauen Punkten.

„Das sieht so richtig nordisch aus!“, meinte sie. „Ich würde auch gerne einmal töpfern. Eine ganz bunte Tasse würde ich dann machen. Ich frage einfach mal, ob man hier als Gast töpfern kann.“

Mama musste sie bremsen, bevor sie aufsprang, um die Kellnerin zu suchen. „Du kannst gerne einmal töpfern, aber ich fürchte, heute haben wir dazu keine Zeit.“

„Schade!“

„Wir wollen uns doch Föhr noch weiter ansehen und müssen ja auch wieder zurück nach Amrum. Vielleicht gibt es dort auch eine Töpferei.“

11 Auf der Spur der Walfänger

Nachdem sie aufgegessen hatten, brachen sie daher rasch wieder auf und nahmen den nächsten Bus. Während eines kurzen Zwischenstopps im Kapitänsdorf Nieblum, bewunderten sie die reetgedeckten Häuser, die bunten Holztüren, die hübsch angelegten Gärten und die inseltypischen Mauern aus aufgeschichteten Steinen, zwischen denen kleine blühende Pflanzen wuchsen.

Zuletzt brachte der Bus sie nach Wyk. Mama hatte noch eine Überraschung für Nikolas. „Wir werden das *Friesen-Museum* besuchen. Dort gibt es eine Ausstellung zum Thema Walfang. Vielleicht kannst du hier noch mehr über dein Fundstück erfahren."

„Oh, prima, da bin ich gespannt", freute sich Nikolas.

Schon der Eingang wies auf die enge Verbindung der Friesen mit dem Walfang hin, denn sie betraten das Museumsgelände durch einen Torbogen aus zwei riesigen, etwa fünf Meter hohen Walkieferknochen. Die Knochen waren nachgebildet, doch man konnte einen echten Walkiefer bestaunen, der am Boden lag. An der Kasse erhielten sie eine Übersicht und sahen sich zuerst das „Haus Olesen" an, eines der ältesten Häuser der Insel, denn es war über 350 Jahre alt. Es zeigte die Lebensweise der Inselfriesen, und sie erkannten vieles wieder, das sie bereits im *Öömrang Hüs* gesehen hatten.

Im Hauptgebäude des Museums hatte Nikolas wenig Geduld, sich die naturkundlichen und volkstümlichen Ausstellungen anzusehen. Er drängte vorwärts, bis sie den Raum erreichten, der sich mit Seefahrt und Walfang beschäftigte. Nikolas wandte sich von einer Vitrine zur nächsten. Lilly blieb immer dicht hinter ihm und erschrak, als Nikolas zu jubeln begann.

„Seht mal, hier, das sieht genauso aus, wie das Ding, das ich gefunden habe, da bin ich mir ganz sicher. Es heißt Spannnagel", rief Nikolas begeistert und deutete auf die Übersichtstafel neben der Vitrine.

„Es ist eine Walfangharpune, wie Herr Quedens gesagt hat. Mit Harpunen hat man nach Walen geworfen, aber damit hatte man den Wal noch nicht erlegt. Die Harpunenspitze blieb im Körper

des Wals stecken, und hintendran war ein Seil. Der Wal zog dann das Schiff der Walfänger hinter sich her, bis er müde wurde und man ihn überwältigen konnte", erklärte Nikolas und las weiter vor. „Der Spannnagel ist eine Weiterentwicklung der herkömmlichen einflügeligen Bartharpune. Wenn der Wal getroffen war und man am Seil zog, klappte die Spitze um und blieb so besser im Fleisch des Wales stecken. Der Spannnagel wurde 1848 erfunden."

Nikolas überlegte kurz und rechnete. „Dann ist meine Harpune vielleicht schon über 150 Jahre alt. Wow!"

Papa klopfte Nikolas anerkennend auf die Schulter. „Na, da hast du ja eine echte archäologische Entdeckung gemacht."

Lilly machte ein bedrücktes Gesicht. Sie fand es zwar unheimlich spannend, dass sie nun herausgefunden hatten, was es mit Nikolas' geheimnisvollem Fundstück auf sich hatte, aber die Geschichte der Harpune und dass man sie im Walfang benutzt hatte, um Tiere zu töten, bereitete ihr Kummer. Sie schniefte. „Mama, das ist so gemein mit den Walen."

Mama nahm sie in den Arm. „Ja, Lilly, ich kann gut verstehen, dass dich das traurig macht. Aber das ist ja alles schon viele, viele Jahre her. Heutzutage denken zum Glück viele Menschen so wie du und möchten nicht, dass man den Walen wehtut. Greenpeace zum Beispiel setzt sich dafür ein, dass die Wale geschützt werden. Wenn du möchtest, können wir zu Hause etwas an Greenpeace spenden."

Lilly nickte ernst. „Ich gebe etwas von meinem Taschengeld dazu", beschloss sie.

„Ich auch", sagte Nikolas. „Und den Spannnagel gebe ich im Museum auf Amrum ab."

In der Zwischenzeit war es schon spät geworden, und sie mussten sich beeilen, um die Fähre nach Amrum zu erreichen. Lilly war so müde geworden, dass sie während der einstündigen Überfahrt den Kopf auf Papas Schoß legte und tatsächlich kurz einnickte. Vom Fähranleger nahmen sie den Bus nach Nebel.

In der Ferienwohnung angekommen, war sie wieder ein bisschen munterer, sodass Lilly und Nikolas nach dem Essen noch die Brettspiele inspizierten und ihre Eltern zu einem kleinen Spieleabend überredeten.

12 Eine Harpune für das Museum

Am nächsten Morgen galt Nikolas' erster Gedanke der Harpune. „Mama, ich möchte heute die Harpune ins Museum bringen. Und den Pottwal ansehen!", rief er seiner Mutter zu, kaum dass er das Wohnzimmer betreten hatte.

Mama musste angesichts von Nikolas' Begeisterung lachen und nickte. „Aber lass mich nachsehen, ob das Naturzentrum geöffnet hat."

Nachdem sie im Internet nachgeschaut hatte, sagte sie: „Leider ist heute geschlossen. Lasst uns doch stattdessen heute einen ruhigen Tag einlegen. Die Wanderung gestern war ganz schön anstrengend. Wie wäre es, wenn wir zu eurer Bude auf den Kniep gehen?"

Nikolas war enttäuscht, nicht sofort ins Museum zu können, aber die Aussicht auf einen Tag in der Kniepbude heiterte ihn schnell auf. Auch Lilly und Papa waren angetan von der Idee, und so packten sie schnell ihre Sachen und brachen auf.

Unterwegs trafen sie Ben, Hanna, Lotta und ihre Mutter, Frau Keller. Die Eltern von Nikolas und Lilly machten sich mit der Mutter der drei Kinder bekannt.

„Wir sind auf dem Weg zur Kniepbude, von der ich erzählt habe", sagte Nikolas. „Wollt ihr mitkommen und sie euch ansehen?"

„Ja, klingt super!", antwortete Ben, und auch seine Schwestern wollten gern mit Lilly spielen. Mama holte schnell Christophers

Einverständnis ein, und auch Frau Keller stimmte zu, also machten sie sich gemeinsam auf den Weg zum Kniep. Die Kinder liefen voraus.
Stolz erzählte Nikolas unterwegs von seinem Fundstück und wie er herausgefunden hatte, dass es sich um eine antike Harpunenspitze handelte, die er ins Museum bringen wollte.
„Echt? Und die Harpune ist wirklich schon 150 Jahre alt? Krass! Du hättest sie lieber verkaufen sollen. Die ist bestimmt wertvoll", meinte Ben.
„Na ja, sie ist vor allem wertvoll für Wissenschaftler. Die können solche alten Sachen erforschen und daraus lernen, wie die Menschen früher gelebt haben. Wenn man etwas Altes findet, darf man das ja nicht einfach behalten", erklärte Nikolas.
Lilly fiel ein, dass sie ja auch etwas gefunden hatte. Sie holte den Bernstein aus ihrer Hosentasche und zeigte ihn Hanna und Lotta.
Die Mädchen bewunderten ihn. „Bernstein ist auch wertvoll. Ein bisschen jedenfalls", sagte Lilly.
„Der soll wertvoll sein?" Ben wollte das nicht glauben.
„Doch, Bernstein kann sehr wertvoll sein. Nicht so wie Gold, aber man kann daraus Schmuck herstellen, und je größer ein Bernstein-Brocken ist, desto wertvoller ist er", erklärte Nikolas.
Ben war noch immer skeptisch. „Wo hast du den denn gefunden?", wollte er wissen.
„Wir sind gestern nach Föhr gewandert, und auf dem Weg dahin habe ich ihn im Watt entdeckt", antwortete Lilly.
Ben fing laut an zu lachen. „So ein Unsinn! Föhr ist eine Insel! Dahin kann man doch gar nicht wandern!", stellte er fest.

Wieder musste Nikolas ihn korrigieren. „Oh doch, das kann man, aber nur bei Ebbe, dann kann man über den Meeresboden laufen."
„Und da findet man Bernstein?", fragte Ben.
„Ja, manchmal schon", bestätigte Nikolas. „Ein Schiffswrack aus dem 18. Jahrhundert haben wir auch gesehen."
Hanna war begeistert: „Ein echtes Schiffswrack? Das will ich sehen!"
Lotta quengelte: „Und ich will so einen Bernstein!"
„Dann müsst ihr auch eine Wattwanderung machen", empfahl Lilly.
Inzwischen waren sie bei der Bude angekommen. „Mensch, die ist ja wirklich cool, die Bude! Und die habt ihr mit aufgebaut?", fragte Ben. Nikolas nickte stolz. Lilly stellte enttäuscht fest, dass ihre Kniepnachbarn Janne und Gesine nicht da waren.
Sie verbrachten den Tag auf dem Kniep mit Spielen, Muschelnsammeln, Buddeln und Essen. Mama, die eigentlich vorgehabt hatte, ihren Urlaubsroman zu lesen, unterhielt sich prima mit Frau Keller, und Papa baute mit den Kindern Sandburgen.

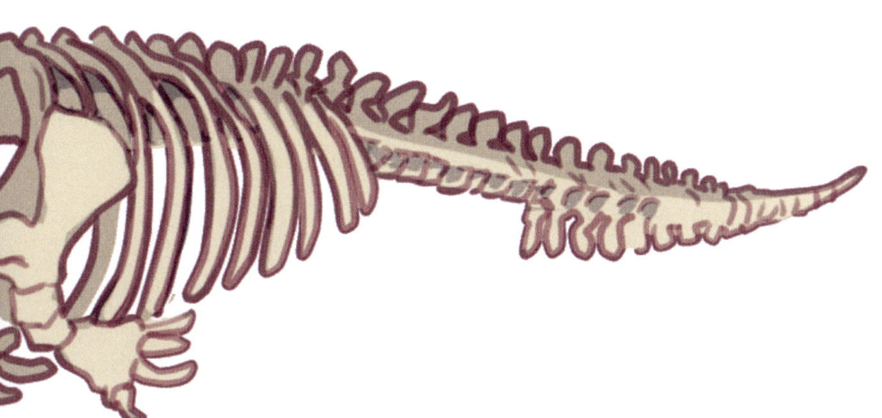

Als sie sich am späten Nachmittag auf den Heimweg machten und sich von den Kellers verabschiedeten, tauschten die Mütter ihre Telefonnummern aus, um sich noch einmal verabreden zu können.

Am Abend besuchte Familie Sonnenschein noch das Amrumer Kino „Lichtblick“ und sah sich „Luv und Lee“ an, einen Film über die Insel Amrum. Es ging vor allem darum, was die Insulaner im Winter taten.

Am nächsten Tag besuchten sie das *Naturzentrum* in Norddorf und bestaunten das riesige Walskelett in der alten Schwimmhalle des ehemaligen Norddorfer Hallenbades. Das Becken hatte man kurzerhand zum Ausstellungsraum für das Skelett eines vor der deutschen Küste gestrandeten Pottwals umfunktioniert. Beeindruckend und riesig schien es zu schweben, obwohl es natürlich von eisernen Stangen gestützt wurde.

Nachdem sie sich auch die Ausstellung im *Naturzentrum Maritur* angeschaut hatten, sprach Nikolas einen Museumsmitarbeiter an.

Er zeigte ihm die Harpunenspitze und erklärte, wo er sie gefunden hatte. Die Leiterin des Naturzentrums wurde gerufen und zeigte sich sichtlich beeindruckt über Nikolas' Fundstück. Sie lobte ihn, weil er den Fund ins Museum gebracht und nicht für sich behalten hatte, und versprach, den Spannnagel im Museum auszustellen. Nikolas würde als Finder auf einer Plakette erwähnt werden. Sobald man das Alter der Harpune bestimmt hatte, sollte er Bescheid bekommen. Papa machte Fotos von Nikolas, der Harpune und dem Walskelett, bevor sie sich verabschiedeten.

Sie verließen die Ausstellung und spazierten zurück nach Norddorf, bis sie irgendwann vor der „Bäckerei Schult" standen. Weil es so gut roch, kaufte Mama eine ganze Tüte mit Gebäck. Gemeinsam setzten sie sich auf dem großen freien Platz zwischen Bäckerei und Kino auf ein Mäuerchen und verspeisten die Leckereien. Als Papa sein Nougathörnchen kurz auf der orangefarbenen Bäckertüte ablegte, um sich die Nase zu putzen, stürzte eine Möwe pfeilschnell und zielsicher auf das Hörnchen hinab, packte es mit ihrem Schnabel und flog mit der Beute davon. Papa wusste gar nicht, wie ihm geschah. Die Kinder prusteten los, zu ulkig sah die Möwe mit dem viel zu großen Hörnchen im Schnabel aus.

„He, du frecher Räuber, bring sofort mein Hörnchen zurück!", rief Papa entrüstet, konnte sich aber selbst das Lachen kaum verkneifen.

„Tja, die Möwen auf Amrum wissen eben, was gut schmeckt!", hörte man eine Stimme von hinten. Christopher stand hinter ihnen und amüsierte sich ebenfalls. „Die Möwen kennen die Tüten vom

Bäcker Schult, und wenn man einmal nicht aufpasst – schwupps – stibitzen sie etwas!"
Die Kinder sprangen auf und flitzten zu ihm. „Hallo, Christopher! Was für ein Zufall, dich hier zu treffen!" Natürlich erzählte Nikolas sofort die Geschichte der Harpunenspitze.
Christopher war sichtlich beeindruckt. „Mensch, Nikolas, das ist ja sensationell! Was haltet ihr davon, wenn wir nochmal zur Ausgrabungsstätte zurückkehren?"
Es dauerte eine Weile, bis die Kinder verstanden. „Ach so, du meinst zur Bude?", vermutete Nikolas.
„Genau. Ich habe einen Gaskocher dabei, wie wäre es, wenn wir in der Bude zu Mittag essen?"
„Oh ja, lass uns in der Bude kochen!" Lilly hüpfte begeistert auf und ab.
„Mama, Papa, dürfen wir? Bitte, bitte, bitte!"
Die Eltern erlaubten Lilly und Nikolas, mit Christopher zu gehen, und brachten sie noch zu Köhns Übergang. Der Weg auf den Kniep, der ihnen anfangs so fürchterlich lang vorgekommen war, war nun im Handumdrehen bewältigt, denn es gab so viel zu erzählen. Vom „Öömrang Hüs", von der *Vogelkoje*,

dem *Eisenzeitlichen Haus*, von der Wattwanderung und dem Bernstein, von dem gestrigen Tag auf dem Kniep und dem Kinofilm.

Bis sie die „Zweite Heimat“ erreicht hatten, waren Regenwolken aufgezogen, und kaum waren sie angekommen, begann es leicht zu regnen. Christopher und die Kinder waren froh, nun im Trockenen sitzen zu können. Als sie durch die Tür schlüpften, stellten sie erfreut fest, dass Gesine und Janne heute auch in ihrer Bude nebenan waren. Sie winkten einander zu.

„Kommt doch nachher mal rüber!“, rief Gesine.

Lilly und Nikolas versprachen es. Während der Regen auf das Dach tropfte und der Wind um die Ecken pfiff, zauberte Christopher den Kocher, eine Dose Ravioli, eine Flasche Apfelschorle, Geschirr und Besteck aus seinem Rucksack. Selten hatten die Kinder mit so großer Begeisterung gegessen.

„Ist das gemütlich hier!“, fand Lilly, denn es gab sogar zwei Decken, mit denen sie die Sitze polsterten.

„Ich würde so gern auch mal hier übernachten“, wünschte sich Nikolas verträumt. Lilly pflichtete ihm bei.

„Von mir aus gerne“, meinte Christopher. „Wir müssen natürlich eure Eltern fragen.“

Nach dem Essen besuchten Lilly und Nikolas ihre Nachbarn in der Bude nebenan und spielten mit ihnen Karten, während Christopher Zeitung las.

Zum Glück hörte der Regen am späten Nachmittag auf, und so konnte Christopher die Kinder pünktlich zum Abendessen und trocken wieder bei den Eltern abliefern.

Mama und Papa hielten noch eine Überraschung für die beiden bereit. Am Nachmittag hatten sie sich für eine Nachtführung im *Amrumer Leuchtturm* angemeldet.

Schon auf dem Weg dorthin verfolgten Lilly und Nikolas gespannt, wie die hellen Strahlen des Leuchtturms über den dunklen Himmel wanderten.

Wolfgang Stöck von den „Maritimen Führungen“ begrüßte alle Besucher am Eingang und erklärte ihnen den Leuchtturm. „Der Leuchtturm wurde 1875 in Betrieb genommen und er ist 63 Meter über dem mittleren Tidehochwasser. Sein Licht kann man bis zu 23 Seemeilen weit sehen, das sind knapp 43 Kilometer.“ Herr Stöck strich sich über seinen grauen Vollbart.

Nacheinander kletterten alle Besucher 295 Stufen hoch bis in die Spitze des Turms. Die letzten Meter führten über eine enge Stiege. Zuerst bestaunten sie den riesigen, fast drei Tonnen schweren Leuchtapparat. 16 geschliffene Linsen drehten sich gegen den Uhrzeigersinn um eine Halogen-Lampe.

„Diese Optik erzeugt die Kennung des Leuchtfeuers. Auf einen Blitz von einer Sekunde folgen sechseinhalb Sekunden Dunkelheit. So können die Seeleute aus weiter Entfernung den *Amrumer Leuchtturm* von anderen unterscheiden. Früher waren mehrere Leuchtturmwärter für die Befeuerung zuständig, aber seit 1984 funktioniert hier alles automatisch“, erklärte Herr Stöck und bat die Gäste nach draußen.

Sie betraten die Plattform und konnten über ganz Amrum und das Meer bis hin zu den Inseln Sylt und Föhr sehen. „Bei optimalen Sichtverhältnissen kann man sogar bis nach Helgoland, Pellworm und Westerhever Sand sehen", erläuterte Herr Stöck. Sein großer goldener Ohrring blitzte im Licht des Leuchtturms.

Lilly stieß Nikolas an und flüsterte: „Mit dem Ohrring und dem Bart sieht er aus wie ein echter Pirat." Nikolas nickte zustimmend.

Ringsumher leuchteten und blinkten überall farbige Signale.

„Was bedeuten die bunten Lichter?", wollte Lilly wissen.

„Jedes Leuchtfeuer ist durch Farbe und Blinkfrequenz unverwechselbar", erklärte Herr Stöck. „Die grünen und roten Lichter sind meist Leitfeuer. Sie markieren eine Engstelle im Gewässer. Wenn man auf der richtigen Route fährt, dann sieht man ein weißes Licht, Grün bedeutet, man ist zu weit nach steuerbord – also rechts – abgekommen, und bei rotem Licht ist man zu weit auf der linken Seite, also backbord."

Als sie direkt neben der Leuchtanlage in den Himmel blickten, konnten sie alle 16 Strahlen des Leuchtturms auf einmal sehen. Es wirkte wie eine sich drehende Lichtkrone. Erst aus großer Entfernung nahm man die Strahlen des Leuchtturms als Blitze mit einem Abstand von 6,5 Sekunden wahr. Vorsichtig stiegen sie wieder im Turm hinab.

Unten erklärte Herr Stöck noch: „Der Turm war früher gar nicht gestreift, sondern nur rot. Die weißen Streifen bekam er erst 1952. Und nun wünsche ich noch eine geruhsame Nacht und einen schönen Urlaub."

Auf dem Heimweg verfolgten die Kinder die Strahlen des Leuchtturms, bis sie nicht mehr zu sehen waren.

NAMENLOSE UND SPRECHENDE GRABSTEINE

Am nächsten Morgen schliefen Lilly und Nikolas lange. Als sie aufwachten, wären sie am liebsten sofort wieder mit Christopher zur Kniepbude aufgebrochen. Aber Mama hatte andere Pläne.

„Ich möchte mir heute Morgen gerne ein wenig von der Insel ansehen. Wir sind ja nicht nur wegen der Bude hierhergekommen", entschied sie. „Und außerdem hast du heute Nachmittag deine Kitesurfing-Schnupperstunde, Nikolas. Das dürfen wir nicht vergessen."

„Ach, stimmt ja!"

Nach dem Frühstück spazierten sie zunächst zur *Amrumer Windmühle*, die etwas außerhalb von Nebel lag. Schon von Weitem sahen sie, dass sich die Flügel drehten. In der Mühle befand sich das *Amrumer Heimatmuseum*. Man konnte dort eine Menge über die Geschichte der Insel lernen. Es gab eine kleine Ausstellung über heimische Seevögel, eine

große Vitrine mit Nordsee-Muscheln und eine Gemäldeausstellung mit Aquarellgemälden von der Insel.
Lilly und Nikolas erfuhren, dass es sich bei der Amrumer Mühle um einen „Erdholländer“ handelte, eine Mühle nach holländischem Vorbild, deren Flügel, zum Beispiel für Reparaturen, vom Boden aus zugänglich waren. Erk Knudten, ein Amrumer Seefahrer, hatte die Mühle vor über 250 Jahren in Amsterdam gekauft und per Schiff auf die Insel bringen lassen. Weil man die Mühle auf dem höchsten Hügel der Insel gebaut hatte, damit sie ordentlich Wind abbekam, konnte man sie von weither sehen. Sogar Schiffe hatten sie als Seezeichen genutzt, bevor der Leuchtturm gebaut wurde.
Nikolas begeisterte sich für die Technik der Mühle. „Man hat einfach die Kraft des Windes genommen und damit das Korn gemahlen! Das ist ja klasse!“
„Tja, und Wind gibt es hier an der See ja auch reichlich“, meinte Papa. „Die Technik einer Windmühle ist einfach, aber genial. Kommt, wir schauen uns das mal an.“
Gemeinsam kletterten sie über die steilen Leitern hinauf bis unter die Dachhaube der Mühle, die wie viele Häuser auf Amrum mit Reet, also Schilfrohr, gedeckt war. Dort konnte man sehen, wie das erste Zahnrad, das über eine Welle vom Flügelkreuz der Mühle angetrieben wurde, und das zweite Zahnrad, das über eine weitere Welle die Mahlsteine antrieb, ineinandergriffen. Der Wind wehte heute nur mäßig, deshalb drehte sich das Mahlwerk eher langsam. Wenn der Wind aber zu stark wurde, konnte man die Mühle sogar bremsen. Die Haube, also das Dach der Mühle, ließ sich drehen, sodass man die Flügel nach dem Wind ausrichten konnte.

„Und zwischen den Mahlsteinen wurde dann Getreide gemahlen?“, fragte Lilly. Papa nickte.

„In dieser Mühle wurden anfangs Graupen gemahlen, und erst später wurde ein so feines Mahlwerk eingesetzt, dass man Mehl mahlen konnte“, las Mama von einem Plakat vor. „Aber in manchen Mühlen wurde auch Öl gepresst oder Holz gesägt.“

Sie kletterten wieder nach unten und verabschiedeten sich von der freundlichen Dame an der Kasse. „Wenn ihr mal in Nebel in der Nähe der Kirche seid, dann schaut euch auf dem Friedhof die *Sprechenden Grabsteine* an. Dort gibt es auch einen Grabstein des ersten Müllers dieser Mühle. Ihr erkennt ihn ganz leicht, es ist eine Windmühle darauf“, empfahl sie.

„*Sprechende Grabsteine*?“, wunderte sich Nikolas.

„Ja, das sind alte Grabsteine, auf denen die Geschichten der Verstorbenen erzählt werden, oft auch mit Bildern.“

„Solche Steine haben wir auf Föhr gesehen. Mit Segelschiffen darauf“, erinnerte sich Lilly.

Die Dame nickte. „Ja, genau, solche Grabsteine gibt es auch hier auf Amrum.“

Sie gingen nach draußen. Die Eltern hatten sich bereits umgewandt, als Lilly auf der gegenüberliegenden Straßenseite einen kleinen, umzäunten Garten entdeckte, in dem eine Reihe von Kreuzen stand. „Was ist denn das?“, fragte sie.

„Das sieht auch aus wie ein Friedhof“, fand Nikolas. „Lasst uns doch mal rübergehen und nachsehen.“

Er ging voraus, die anderen folgten. Eine kleine Holztür trennte den Garten von der Wiese ringsum, und auf dem Torbogen stand in verschnörkelter Schrift „Es ist noch eine Ruhe vorhanden“. Neben der Tür stand eine gläserne Tafel mit der Aufschrift „Friedhof der Namenlosen“.

Lilly öffnete die Pforte, und gemeinsam mit ihrem Bruder ging sie an ein paar Dutzend hölzerner Kreuze entlang, auf denen nichts außer einem Datum stand.

„Das ist tatsächlich ein Friedhof. Ob das auch sprechende Gräber sind?“, überlegte Nikolas.

„*Sprechende Grabsteine*“, korrigierte ihn Lilly. „Das sind doch gar keine Grabsteine, sondern Kreuze. Die erzählen keine Geschichten, es sind ja gar keine Bilder drauf. Und eine Kirche ist hier auch nicht in der Nähe.“

Inzwischen las Mama von der Tafel vor: „Friedhof der Namenlosen. Im Meer geblieben. Auf diesem 1905 angelegten Friedhof wurden 32 angeschwemmte Menschen beerdigt. Von ihnen ist nur der Tag ihres Fundes am Strand bekannt. Man wusste nicht, wer sie waren, und auch nicht ihre Namen.“

„Wie traurig!“, sagte Lilly. „Und hat niemand sie vermisst?“

Mama schüttelte den Kopf. „Das wissen wir nicht. Man konnte offenbar nicht herausfinden, wer sie waren. Das ist wirklich traurig, Lilly. Deshalb gedenkt man dieser Menschen hier.“

„Und außerdem erinnert uns dieser Friedhof daran, wie gefährlich das Meer sein kann. Man muss immer gut aufpassen, wenn man auf einem Schiff ist. Und am Strand oder im Watt muss man auf Ebbe und Flut achten, das habt ihr ja gestern mal wieder gehört“, mahnte Papa. „Und nun lasst uns weitergehen, sicher hätte keiner von den Verstorbenen hier gewollt, dass wir heute traurig sind.“

BRANDENDE BERG
Capitains

Die Kinder nickten, und sie gingen weiter in Richtung des Zentrums von Nebel. Als sie bei der Sankt-Clemens-Kirche angekommen waren, erinnerte sich Nikolas an den Rat der Dame in der Mühle.

„Komm, Lilly, lass uns den Grabstein des Müllers finden."

Die beiden flitzten los und mussten nicht lange suchen, denn die *Sprechenden Grabsteine* befanden sich gleich am Anfang des Friedhofs. Neben dem Grabstein des Müllers, auf dem eine Mühle zu sehen war, gab es noch weitere Steine mit Bildern darauf, darunter viele Segelschiffe, ähnlich wie auf dem Friedhof Süderende auf Föhr.

Sie entdeckten auch das Grab des Seefahrers Harck Olufs. Sein dicht beschriebener Grabstein erzählte die Geschichte, wie er als Junge zur See fuhr und von Seeräubern nach Algerien verschleppt wurde. Dort arbeitete er als Sklave und wurde später Soldat. Erst nach zwölf Jahren wurde er freigelassen und kehrte nach Amrum zurück.

„Die *Sprechenden Grabsteine* sind ja richtig spannend!", fand Nikolas, als sie einige Geschichten auf den Steinen gelesen hatten.

14 Kobolde und Friesentorte

Inzwischen war es an der Zeit, Nikolas und Papa zur Bushaltestelle zu begleiten. Die beiden stiegen in den Bus nach Norddorf, und Mama und Lilly winkten ihnen nach. Sie hatten beschlossen, während Nikolas' erster Kitesurfstunde im „Friesencafé" ein Stück Kuchen zu essen.

Auf dem Weg dorthin fing Lilly plötzlich laut an zu lachen. „Schau mal, Mama, das Hotel dort heißt ‚Ekke Nekkepenn'! Ist das nicht lustig? Was das wohl bedeutet?"

Bevor die Mutter etwas sagen konnte, wurden sie schon von einem Herrn, der gerade aus der Tür des Hotels trat, aufgeklärt.

„Ihr fragt euch, wer Ekke Nekkepenn ist? Na, das will ich euch erzählen. Ekke ist ein Meermann, eine Art Kobold. Er lebt auf dem Boden der Nordsee und treibt allerhand Schabernack mit den Inselbewohnern und den Seeleuten. Wenn euch also jemand einen Streich spielt, dann war es wahrscheinlich Ekke Nekkepenn." Der Mann zwinkerte ihnen freundlich zu.

Mama lachte, aber Lilly entgegnete: „Da brauche ich gar keinen Kobold. Streiche spielt bei uns zu Hause mein Bruder!"

Sie erreichten das „Friesencafé", ein idyllisches, reetgedecktes Haus, und setzten sich an einen Tisch im Freien. Sie bestellten Friesentorte, eine friesische Spezialität aus Blätterteig, Pflaumenmus und Sahne und dazu friesischen Tee mit Kluntjes und Sahnewölkchen.

„Mama, die musst du zu Hause auch mal backen!“ Lilly leckte sich die Lippen, um den letzten Krümel mit Sahne auch noch zu erwischen.

„Hast du eigentlich schon gesehen, dass dort nebenan eine Töpferei ist?“, fragte Mama.

Lilly sprang auf und flitzte zum Schaufenster des Nachbarhauses. „Hoonwerk“ stand darüber. Lilly hatte inzwischen schon so viele friesische Worte gehört und gelesen, dass sie sich denken konnte, dass dieses Wort „Handwerk“ bedeuten musste. Im Schaufenster betrachtete sie das bunte Geschirr. Große und kleine Schüsseln gab es da, Teller, Vasen und vor allem jede Menge Tassen. Mama hatte im Café gezahlt und stand nun neben Lilly.

„Die Tassen da sind total schön, aber ich würde so gerne selbst eine machen“, seufzte Lilly.

„Lass uns doch reingehen und fragen.“

Sie betraten das „Hoonwerk“, und zuerst musste Lilly sich umschauen. Im Laden gab es neben Geschirr auch kleine Figuren aus Keramik. Eine Frau im Badeanzug und eine Meerjungfrau in einer Badewanne standen dort. Am besten gefiel Lilly aber ein kleiner Frosch mit einer goldenen Krone.

„Guck mal, Mama, der Froschkönig“, kicherte sie.

Dann fiel ihr Blick auf einen Ständer mit Postkarten. Darauf waren noch viele andere Keramikfiguren abgebildet. Auf einer Karte entdeckte Lilly einen Wassermann mit Bart und Dreizack.

Sie stupste Mama in die Seite und meinte: „Das ist bestimmt Ekke Nekkepenn!

Die möchte ich Oma und Opa schicken! Darf ich? Und darf ich auch so einen süßen kleinen Frosch kaufen?“

Mama nickte. „Dafür hast du ja Ferientaschengeld bekommen.“

Stolz kramte Lilly einen kleinen Geldbeutel aus ihrer Hosentasche und ging zur Verkaufstheke. Dort stand ein dunkelhaariger Mann und begrüßte sie freundlich. „Guten Tag, junge Dame.“

„Guten Tag, ich möchte das hier kaufen.“ Lilly legte Karte, Frosch und Geld auf die Theke.

„Sind Sie der Töpfer, der das alles hier macht?“, fragte sie.

Der Mann hinter der Theke nickte. „Ja, ich bin Matthias Menk, der Töpfer. Ich habe nicht alles hier im Laden getöpfert, aber der Frosch und die anderen Figuren sind von mir.“

„Kann ich bei Ihnen Töpfern lernen? Ich möchte gerne eine Tasse töpfern und bemalen."
„Bedauerlicherweise nicht. Ich biete leider keine Töpferkurse an. Aber wenn du gerne eine Tasse bemalen möchtest, dann kannst du in das Atelier „Farbrausch" zu meiner Kollegin Nela Garbe gehen. Dort kann man fertiges Geschirr nach eigenen Vorstellungen bemalen. Es wird dann gebrannt, und man kann es mit nach Hause nehmen."
„Das klingt interessant", schaltete sich nun Mama ein, die zugehört hatte. „Das wäre doch etwas für dich, Lilly, oder?"
Lilly nickte. „Na klar, das wäre supi! Wo ist der „Farbrausch"?"
„Im Smäswai 24, nicht weit von hier."
„Oh, das ist ja direkt neben unserer Ferienwohnung!" rief Lilly. „Wir wohnen im ‚Seestern'!"
„Komisch, dass uns der ‚Farbrausch' noch nicht aufgefallen ist. Haben Sie vielleicht sonst noch einen Tipp, was wir auf Amrum unbedingt machen sollten?", fragte Mama.
Herr Menk überlegte einen Moment. „Na ja, den Leuchtturm, die Windmühle, den Pottwal und die *Sprechenden Grabsteine* haben Sie ja bestimmt schon gesehen. Meine persönliche Empfehlung wäre ein Picknick am Norddorfer Strand. Zuerst Fischbrötchen beim Fischbäcker in Norddorf holen, sich in einen Strandkorb setzen, nach Sylt rüberschauen und den Sonnenuntergang genießen. Das gibt es nur auf Amrum, und es steht in keinem Reiseführer." Matthias Menk grinste.
„Das klingt gut, nicht wahr, Lilly? Das machen wir heute Abend, wenn wir Papa und Nikolas abholen. Aber jetzt gehen wir erst einmal zum ‚Farbrausch'. Vielen Dank und auf Wiedersehen, Herr Menk."

15 NIKOLAS, DER KITESURFER

Inzwischen versuchte sich Nikolas am Norddorfer Strand im Kitesurfen. In der Surfschule war er zunächst in einen Neoprenanzug geschlüpft, damit ihm im Wasser nicht kalt würde. Der Surflehrer hatte ihm das Brett und den Kite erklärt, und Nikolas hatte die Streben des Kites – Tubes genannt, die dem Schirm seine Stabilität verliehen – aufgepumpt.

Dann hatte der Lehrer ihm die „Kite-Bar", eine Art Geschirr, an dem der Schirm befestigt wird, um den Bauch geschnallt. Bei ein paar Trockenübungen am Strand waren sie mit dem Kite auf und ab gelaufen, und Nikolas hatte gelernt, wie man den Schirm steuerte. Das fiel ihm zum Glück leicht, denn mit Lenkdrachen kannte er sich bereits aus. Dann hatte er sich mit dem Kite, aber noch ohne Brett im flachen Wasser hin- und herziehen lassen.

Nun ging es endlich los. Nikolas trug das Board ins Wasser und schlüpfte mit den Füßen in die Schlaufen, bereit für den ersten Versuch eines Wasserstarts. Papa machte währenddessen eifrig Fotos.

„Denk daran, mach dich ganz klein!", rief der Surflehrer. Gehorsam zog Nikolas die Beine an, legte die Ellenbogen auf die Knie, zog die Schultern nach vorne und spannte den Bauch an. Er blickte sich um, um sicherzugehen, dass er niemandem in die Quere kommen konnte.

„Stell dich quer zum Wind! Der Wind kommt von dort!“, rief der Surflehrer und deutete nach Norden. Die nächste Anweisung lautete: „Power-Dive!“

Nikolas hatte in der Theorie gelernt, was das bedeutete. Er lenkte den Kite so, dass dieser ihn aus dem Wasser ziehen konnte. Er richtete sich auf, vergaß aber vor lauter Aufregung, auf seine Körperspannung zu achten, und landete kopfüber im Wasser. Prustend tauchte er auf und zog den Kite wieder zu sich heran. Der Surflehrer half ihm, den Schirm wieder in die Luft zu bringen.

Auch der zweite und der dritte Versuch misslangen. Nikolas kämpfte mit der Enttäuschung und blickte zu Papa. Der reckte beide Fäuste mit den Daumen nach oben in die Luft. Neben Papa stand eine weitere Gestalt, und Nikolas

erkannte Ben. ‚Oh nein, ausgerechnet Ben, der schon so toll kiten kann!', dachte Nikolas.

Als er Bens gehässiges Lachen hörte, nahm Nikolas noch einmal all seinen Mut und seine Konzentration zusammen, und siehe da – im vierten Anlauf schaffte er es, sich vom Kite nach oben ziehen zu lassen und auf dem Board stehen zu bleiben. Er spannte seinen Bauch an, fand allmählich die Balance und glitt mit dem Wind an der Küste entlang.

Als er sich umsah, stellte er fest, dass er sich bereits weit von seinem Ausgangspunkt entfernt hatte, und versuchte, zu wenden. Das Manöver misslang, und wieder landete er im Wasser. Der Kite blieb jedoch in der Luft, und Nikolas schaffte es, sich wieder auf das Brett ziehen zu lassen und zurückzusurfen.

Als er angekommen war, klatschte Papa in die Hände, und der Surflehrer jubelte: „Großartig, Nikolas! Das war ganz großartig! Ich kann kaum glauben, dass das heute dein erstes Mal auf einem Board war, du bist ein echtes Talent."

Ben sagte nichts, sondern starrte Nikolas nur mit offenem Mund an. Der Surflehrer kannte ihn offenbar und klopfte ihm auf die Schulter. „Das bekommst du auch noch hin, Ben. Noch ein, zwei Übungsstunden, und du bist fast so gut wie Nikolas!"

Nikolas konnte sich ein Grinsen nicht verkneifen. Da hatte Ben wohl gehörig geschwindelt, als er ihm erzählt hatte, er wäre ein toller Kitesurfer. Ben blickte betreten zu Boden und wechselte lieber das Thema.

„Du, sag mal, diese Wanderung nach Föhr ... Wo seid ihr denn da langgegangen?", fragte er, während sie zur Surfschule am

Dünenrand zurückgingen. Papa unterhielt sich mit dem Surflehrer, und Nikolas erklärte Ben, welchen Weg sie genommen hatten.

„Warum willst du das denn wissen?“, fragte er zum Schluss.

„Och, ich will auch mal im Watt nach Bernstein suchen. Wenn der so wertvoll ist, dann sammle ich einfach ein paar Bernsteine ein und verticke die. Und dann kaufe ich mir endlich ein neues Handy, mein altes ist nämlich kaputt“, erläuterte Ben seinen Plan.

Nikolas erschrak. Wollte Ben etwa auf eigene Faust ins Watt? „Du darfst auf gar keinen Fall ohne einen erfahrenen Wattführer ins Watt! Das ist gefährlich, wenn du dich mit Ebbe und Flut nicht auskennst“, rief er.

„Ich kenne mich super mit Ebbe und Flut aus!“, entgegnete Ben spöttisch. „Bei Ebbe ist das Wasser weg, und bei Flut kommt es wieder. Wozu brauch ich da einen Wattführer?“

Nikolas wurde wütend über soviel Unvernunft. „Aber man muss auch wissen, wann genau das Wasser kommt und geht. Wenn man nicht rechtzeitig wieder am Ufer ist, bevor die Flut kommt, dann ertrinkt man“, wies er Ben zurecht.

Der zuckte die Schultern. „Ach was. Ich geh einfach wieder zurück zum Ufer, wenn das Wasser kommt, kann ja nicht so schwer sein.“

Ben sah auf seine Uhr. „Apropos zurück, ich muss zurück zur Klinik. Ciao, man sieht sich!“

Er grüßte zum Abschied lässig und verschwand, bevor Nikolas weiter auf ihn einreden konnte.

Lilly und Mama waren unterdessen längst im „Farbrausch“ angekommen und ließen sich von der Töpferin Nela Garbe beraten. Man konnte zwischen bereits gebrannten, aber noch unglasierten

Tassen, Bechern, Tellern, Schüsseln, Kannen und vielem mehr wählen. Frau Garbe erklärte, dass das Geschirr zuerst mit farbigen Glasuren bemalt und anschließend zum Schutz farblos glasiert wurde.

„Ich mache eine Tasse für jeden von uns!", rief Lilly. „Auf Nikolas' Tasse male ich ein Schiff und auf meine einen Leuchtturm. Papa bekommt eine Tasse mit einem Anker, und auf deine male ich eine Muschel, einverstanden?" Mama nickte.

Zum Malen setzten sie sich auf die Terrasse. Mit Bleistift zeichnete Lilly alles auf den unglasierten Tassen vor und trug dann die farbige Glasur mit einem Pinsel auf.

„Die sind richtig schön geworden", lobte Nela Garbe, als sie bezahlten. „Du kannst prima malen. Die Tassen werden morgen gebrannt, und übermorgen könnt ihr sie dann abholen", erklärte sie.

„Danke, das machen wir."

Anschließend fuhren sie mit dem Auto nach Norddorf, um sich mit Papa und Nikolas am Strand zu treffen. Beim Fischbäcker kauften sie vorher – wie Herr Menk vorgeschlagen hatte – für jeden ein riesiges Brötchen mit Backfisch und Remouladensoße.
Lilly schnupperte an dem Beutel mit den eingewickelten Brötchen. „Oh, die duften so lecker, Mama! Ich kann es gar nicht abwarten hineinzubeißen!"
Am Strand trafen sie Nikolas und Papa vor der Surfschule. Nikolas hatte sich schon wieder umgezogen und strahlte über das ganze Gesicht.
„Mama, das war total klasse! Es hat ganz viel Spaß gemacht, und ich hab es geschafft, alleine aufs Board zu kommen und ein Stück zu surfen. Ich möchte das unbedingt noch mal machen, das wird mein neues Hobby", sprudelte es aus ihm heraus.
Mama lächelte über soviel Eifer. „Das freut mich, Nikolas, aber das wird schwierig, wir wohnen ja gar nicht am Meer."
„Egal, dann kite ich auf dem Müggelsee!" Nikolas war nicht zu bremsen. „Und ich hab einen Riesenhunger!"
„Das trifft sich gut, wir haben Backfischbrötchen mitgebracht!", sagte Lilly.
Sie suchten sich zwei Strandkörbe, die nebeneinanderstanden, und verspeisten genüsslich die leckeren Brötchen, während sie beobachteten, wie die Sonne unterging. Nachdem es dunkel geworden war, spazierten Lilly und Nikolas barfuß noch ein wenig am Flutsaum hin und her.
„Sieh mal, Nikolas!", rief Lilly plötzlich und zeigte auf die Schaumkrone einer heranrollenden Welle. „Das Meer leuchtet."

„Was? Du spinnst ja, hier leuchtet ni..." Weiter kam Nikolas nicht, denn jetzt sah auch er das Leuchten auf dem Kamm der nächsten Welle. Grünlich hell und unerklärlich schimmerte es da. Weder Mond noch Sonne waren zu sehen, sodass es sich nicht um eine Spiegelung handeln konnte.

„Das ist ja ... Das kann doch nicht ... Das gibt es doch nicht!", flüsterte Nikolas. Die beiden beobachteten das Schauspiel eine Weile stumm und riefen dann ihre Eltern herbei, die noch nichts bemerkt hatten. Gemeinsam bewunderten sie das rätselhafte Phänomen.

„Wie schön das aussieht!"

„Und geheimnisvoll!"

„Das hat etwas Magisches. Wie Zauberei!"

Als sie sich schließlich auf den Nachhauseweg machten, überboten sie sich mit den geheimnisvollsten Erklärungen für das Leuchten im Meer, bis Papa schließlich sein Handy zückte und im Internet nach den Schlagwörtern „Meer" und „Leuchten" suchte.

„Aha!", sagte er nach einer Weile. „Für das Meeresleuchten sind Mikroorganismen verantwortlich. Winzige Tierchen, die bei Berührung selbstständig leuchten. Wenn genügend von ihnen im Meerwasser vorhanden sind, berühren sie sich im Wellengang, und es sieht aus, als ob das Meer leuchtet", erklärte Papa.

„Was es im Meer alles zu entdecken gibt!", stellte Lilly zufrieden fest, während sie den Heimweg fortsetzten. In der Nacht träumte Nikolas vom Kitesurfen und Lilly davon, dass das Meer und auch die Wolken in allen Regenbogenfarben leuchteten.

16 WATTWANDERER IN NOT

Am nächsten Tag holten Lilly und Nikolas beim Bäcker die Frühstücksbrötchen. Nach dem langen und anstrengenden Tag gestern wollten sie nun einfach mal entspannen. Mama blieb nach dem Frühstück mit einem Buch auf der Terrasse sitzen, und Papa spielte mit Lilly und Nikolas ein Kartenspiel, das sie in der Ferienwohnung entdeckt hatten. Als er das dritte Mal in Folge verloren hatte, warf Papa lachend die Hände in die Luft. „Ich geb auf!“

„Na gut“, sagte Lilly und knuffte ihn in die Rippen. „Dürfen wir einen Film schauen? Als Belohnung fürs Gewinnen, sozusagen?“

Papa guckte gespielt empört. „Wie, auch noch belohnen soll ich euch dafür, dass ihr mich in Grund und Boden spielt? Na wartet!“

Kreischend lief Lilly vor dem Kitzelmonster davon, und Nikolas warf sich heldenhaft dazwischen, um sie zu retten.

Kichernd kuschelten sich die Kinder dann auf die Couch, um ihren Film anzuschauen. Papa nahm sich seine Kamera und sortierte schon einmal die bisherigen Fotos.

Als allen der Magen knurrte, zogen Lilly und Nikolas wieder los zum Bäcker, um belegte Brötchen zu holen, denn zum Kochen hatten Mama und Papa gerade keine Lust.

Auf dem Rückweg trafen sie Janne und Gesine mit ihren Rädern. „Hallo, wir sind auf dem Weg zur Odde. Im Naturschutzgebiet sind

Eiderenten geschlüpft, die wollen wir uns ansehen, wir kennen nämlich Dieter, den Vogelwart. Wollt ihr mitkommen?", fragte Gesine.

„Oh, Entenküken, wie süß!", freute sich Lilly.

„Ich würde gerne mitkommen, lass uns Mama und Papa fragen", schlug Nikolas vor.

Sie flitzten gemeinsam zur Ferienwohnung, wo Mama und Papa auf der Terrasse saßen. Nachdem Janne, der Älteste, versprochen hatte, auf die Geschwister achtzugeben, erlaubten die Eltern den kleinen Ausflug. Mama steckte Nikolas ihr Handy zu, weil er vergessen hatte, seins aufzuladen. „Ausnahmsweise und für alle Fälle", sagte sie.

„Danke, Mama!", riefen die Geschwister. Dann nahm sich jeder ein belegtes Brötchen, sie schnappten sich die Räder und sausten mit ihren Freunden in Richtung Odde davon. Unterwegs erklärte Gesine, die sich gemerkt hatte, wie spannend Lilly die friesische Sprache fand, dass das Wort „Odde" Spitze bedeutet und dass damit der spitz zulaufende nördlichste Teil von Amrum gemeint war.

Sie fuhren durch Norddorf in Richtung Nordspitze, vorbei am Schullandheim „Ban Horn" bis zum Fahrradabstellplatz. Zu Fuß waren es von dort nur noch ein paar Minuten über einen Bohlenweg bis zur Vogelwärterhütte, die versteckt in einem Dünental lag. Um sie zu erreichen, stieg man zuerst eine Treppe auf eine Aussichtsdüne hinauf und auf der anderen Seite wieder hinab. Oben angekommen, konnte man das kleine reetgedeckte Backsteinhäuschen bereits sehen. Von Frühjahr bis Herbst kümmerte sich dort der ehrenamtliche Vogelwart Dieter Kalisch

mit seiner Frau um die brütenden Vögel und führte Urlaubsgäste durch das Naturschutzgebiet.

„Sturm-, Silber- und Heringsmöwen gibt es hier und auch Eiderenten, Zwergseeschwalben, Brandgänse und einige andere Vogelarten. Viele davon brüten hier“, erklärte Gesine. Lilly und Nikolas, die auf dem letzten Stück Weg ihre Brötchen gefuttert hatten, hörten interessiert zu.

Bevor sie die Treppe hinuntergehen konnten, klingelte Mamas Handy. „Das ist bestimmt Papa, der wissen will, ob es uns gut geht.“ Nikolas nahm das Gespräch an.

Am anderen Ende meldete sich jedoch die Mutter von Ben, Lotta und Hanna.

„Guten Tag, Frau Sonnenschein, hier ist Keller ...“, begann sie.

Nikolas unterbrach sie rasch: „Hallo, Frau Keller, hier ist Nikolas, ich hab Mamas Handy."

„Ach so, na, umso besser. Ich wollte fragen, ob Ben, Hanna und Lotta vielleicht bei euch sind?"

„Nein, sie sind nicht hier, warum?"

Frau Kellers Stimme klang besorgt. „Das ist merkwürdig. Sie wollten heute Vormittag zum Strand und waren zum Mittagessen nicht in der Klinik. Es ist schon fast drei Uhr, und ich mache mir Sorgen. Ich hatte gehofft, sie wären bei euch."

„Nein, ich habe die drei heute noch nicht gesehen. Vielleicht sind sie noch am Strand? Oder auf dem Spielplatz? Oder in der Eisdiele?"

„Nein, dort habe ich schon überall nachgesehen. Ich kann mir überhaupt nicht vorstellen, wo sie sind. Ich hab solche Angst, dass ihnen etwas passiert ist." Frau Keller schluchzte kurz auf. „Aber danke trotzdem, Nikolas. Falls ihr sie seht, sagt mir bitte gleich Bescheid."

„Ja, das machen wir. Tschüss." Nikolas legte auf.

„Was ist denn los?", erkundigte sich Gesine.

„Drei Freunde von uns sind verschwunden. Ihre Mutter dachte, sie wären bei uns", erklärte Nikolas.

Dann fiel ihm ein, dass Ben ihn gestern genauestens über die Wattwanderung und den Bernstein ausgefragt hatte. Ihm kam ein schrecklicher Verdacht. „Au Backe. Ben hat mir gestern erzählt, er will ins Watt gehen, um Bernstein zu suchen. Vielleicht ist er auf eigene Faust losgegangen." Nikolas machte ein finsteres Gesicht. „Er will Bernstein sammeln, um den zu verkaufen und sich ein neues Handy zu kaufen."

„Oh nein!“, rief Lilly erschrocken. „Und vielleicht hat er Hanna und Lotta mitgenommen. Die kennen sich doch gar nicht aus!“

„So ein Unfug, um diese Jahreszeit findet man kaum Bernstein. Und schon gar nicht so viel, dass man sich ein Handy davon kaufen könnte.“ Janne schüttelte verständnislos den Kopf.

„Sind das Urlaubsgäste?“, fragte Gesine.

„Kurgäste, aus der Klinik in Norddorf“, antwortete Nikolas.

„Und ihr meint, die sind alleine raus ins Watt gelaufen?“, fragte Janne ernst.

„Ja, ich glaube schon. Wahrscheinlich in Richtung Föhr.“

Janne blickte auf seine Uhr und dann zur Sonne.

„Die Flut kommt. In drei Stunden ist Hochwasser. Das heißt, die Priele sind schon vollgelaufen, da kommt man zu Fuß nicht mehr durch. Wenn die drei wirklich noch da draußen sind, dann schaffen sie es weder nach Amrum zurück noch zum Föhrer Ufer.“

Lilly begann zu schluchzen. „Ertrinken sie jetzt?“

„Ach, Lilly, wir wissen doch noch gar nicht, ob sie wirklich im Watt sind!“

„Was meinst du, von wo aus wollten sie loslaufen?“, fragte Janne.

„Ich habe Ben den Weg erklärt, den wir gegangen sind. Sie sind wahrscheinlich ganz hier in der Nähe ins Watt gelaufen.“

„Vielleicht können wir sie sehen.“ Janne drehte sich in Richtung Föhr, hielt die Hand über die Augen und hielt Ausschau.

„Ich seh was! Da hinten! Das könnten Personen sein. Aber ich kann es nicht genau erkennen“, rief er.

„Ich hole ein Fernglas. Dieter hat doch jede Menge davon, zum Vögel beobachten!“, rief Gesine und rannte – immer zwei Stufen

auf einmal nehmend – die Treppe hinunter zur Vogelwärterhütte. Als sie zurückkam, schwenkte sie ein Fernglas und reichte es ihrem Bruder.

Ein kurzer Blick durch das Fernglas reichte, um Jannes Vermutung zu bestätigen. „Dort hinten sind drei Personen, eine größere und zwei kleine. Das könnten sie sein."

Nikolas nahm ihm das Fernglas aus der Hand und sah selbst hindurch. „Ja, das sind sie! Oh je, sie stehen bis zum Bauch im Wasser. Wir müssen ihnen helfen."

„Die Seenotretter!", rief Lilly plötzlich. „Wir müssen die Seenotretter alarmieren!"

„Ja, natürlich, das ist es. Das machen wir." Nikolas nahm das Handy in die Hand und tippte hektisch darauf rum. Das Netz war ziemlich schwach. „Ich muss erstmal die Telefonnummer der Seenotretter googeln", erklärte er.

17 Seenotretter in Aktion

Janne hatte inzwischen sein eigenes Handy hervorgeholt und die Nummer bereits gewählt. Er wäre kein echtes Inselkind gewesen, wenn er nicht die Nummer des Seenotrettungskreuzers gespeichert hätte. „Die 110 oder 112 hätte aber auch funktioniert." Er reichte Nikolas das Telefon. „Hier, sprich du mit ihnen, du kennst die Kinder ja immerhin."

Nach wenigen Sekunden meldete sich jemand. „Seenotrettungskreuzer ERNST MEIER-HEDDE, Sven Witzke, was gibt es?"

„Hier ist Nikolas Sonnenschein. Da sind drei Wattwanderer in Lebensgefahr. Ein Junge und zwei Mädchen. Die wollten durchs Watt nach Föhr, und jetzt kommt die Flut, und sie stehen schon im Wasser. Die brauchen Hilfe. Schnell!!!", schrie Nikolas.

Seine Stimme überschlug sich beinahe vor Aufregung. Durch das Telefon hörte er, wie der Seenotretter seinen Kollegen zurief: „Alarm, Wattwanderer in Lebensgefahr. Alles klar machen zum Auslaufen."

Im Hintergrund rumpelte und klapperte es, und dann war zu hören, wie der Motor des Schiffes gestartet wurde. Der Mann am Telefon wandte sich wieder an ihn.

„Wo genau befinden sich die Personen?"

„Irgendwo vor der Odde. Wir stehen hier beim Vogelwärterhaus und können sie sehen."

„Also zwischen Amrum und Föhr?"

„Ja, sie wollten nach Föhr laufen, aber sie sind alleine und kennen sich nicht aus. Bitte kommen Sie, so schnell es geht. Die Flut kommt doch! Das Wasser reicht ihnen schon bis zum Bauch!"

„Ja, natürlich, wir sind schon auf dem Weg. Kannst du uns etwas über die Personen sagen, Nikolas?"

„Ja, das sind Ben, der ist 14, und seine beiden kleinen Schwestern. Die sind ungefähr sieben Jahre alt. Aus der Kurklinik in Norddorf."

Das Schiff war offenbar bereits aus dem Hafen ausgelaufen, denn Sven Witzke sagte nach einem Moment: „Alles klar, wir sehen sie. Ich lege jetzt auf, Nikolas. Danke für deinen Anruf und mach dir keine Sorgen, wir helfen deinen Freunden." Die Verbindung wurde beendet.

Lilly ballte nervös die Fäuste. „Hoffentlich kommen die schnell mit dem Rettungsboot."

Gesine legte tröstend den Arm um sie. „Klar, die beeilen sich, die wissen doch, dass es ein Notfall ist. Und die ERNST MEIER-HEDDE ist echt schnell."

Janne überlegte. „Ich schätze, sie macht so etwa 25 Knoten. Das sind knapp 50 Stundenkilometer. Dann müssten sie in ungefähr zehn Minuten dort sein", sagte er. „Kann sein, dass sie um ein paar Sandbänke herumfahren müssen."

Nikolas sah wieder durch das Fernglas. Er konnte erkennen, dass Ben eines der Mädchen auf den Arm genommen hatte. Ben strauchelte, fiel beinah um, fing sich aber wieder. Seiner zweiten Schwester reichte das Wasser bereits bis zum Oberarm. Sie klammerte sich an ihren Bruder. Es herrschte kein allzu starker

Seegang, aber die Strömung zerrte an den drei Kindern, und immer wieder kamen sie ins Wanken.

„Bestimmt haben sie schreckliche Angst." Da war sich Lilly ganz sicher. „Und wir können ihnen nicht mal sagen, dass Rettung unterwegs ist."

„Aber wir können es ihrer Mutter sagen." Nikolas fiel wieder ein, was er Frau Keller versprochen hatte. Er wählte rasch ihre Nummer und berichtete, was geschehen war. Frau Keller war fassungslos.

„Was? Meine Kleinen sind da draußen im Meer? Alleine? Oh mein Gott, das ist ja schrecklich!" Sie begann zu schluchzen. „Was mache ich nur? Wo genau sind sie? Und wo seid ihr? Und das Rettungsschiff ist unterwegs, sagst du?"

„Ja! Wir sind beim Vogelwärterhaus an der Odde."

„Ich weiß, wo das ist. Ich komme zu euch!"

Bevor Nikolas noch etwas sagen konnte, hatte sie aufgelegt.

„Wo bleiben die denn?! Beeilung!" Vor lauter Spannung presste Lilly die Hände vor ihre Augen.

Im nächsten Moment rief Gesine: „Da kommen sie." Lilly riss die Hände wieder weg, und tatsächlich, sie konnte erkennen, wie der rote Rettungskreuzer heranbrauste.

„Das wird höchste Zeit!", sagte Janne nach einem erneuten Blick durch das Fernglas.

„Das Wasser steigt ungefähr einen Zentimeter pro Minute“, erklärte er.

Die Geschwindigkeit des Kreuzers verringerte sich, obwohl das Schiff die Kinder noch nicht erreicht hatte.

„Warum bleiben die stehen?“, fragte Lilly erschrocken.

„Vielleicht können sie nicht näher ranfahren, weil sie sonst auf Grund laufen würden. Dann müssen sie mit dem Tochterboot los“, vermutete Janne.

Tatsächlich wurde nun LOTTE, das Tochterboot des Kreuzers, aus der Wanne am Heck zu Wasser gelassen. Pfeilschnell sauste das wendige Boot, dass nur wenig Tiefgang hatte, auf die Verunglückten zu. Die Kinder beobachten, wie die Männer zuerst die beiden Mädchen, dann Ben an Bord hievten. Das Tochterboot wurde eingeholt, und die ERNST MEIER-HEDDE fuhr mit hoher Geschwindigkeit davon.

„Wohin bringen sie sie jetzt?“, fragte Lilly.

„Wahrscheinlich nach Föhr ins Krankenhaus“, vermutete Gesine. „Das Wasser ist ganz schön kalt, sie werden unterkühlt sein.“

„Was für ein Glück, dass die Seenotretter rechtzeitig da waren“, seufzte Lilly und fiel Gesine in die Arme.

Einladung zum Molenfest

Die größte Spannung war von den Kindern abgefallen, aber beruhigen konnten sie sich noch lange nicht. Sie beschlossen, wieder zurückzugehen und die Eiderentenküken an einem anderen Tag zu besuchen. Auf halbem Weg kam ihnen Frau Keller völlig außer Atem entgegengerannt.

„Wo sind sie? Was ist passiert?"

Nikolas berichtete von der Rettung.

„Ach, Gott sei Dank!" Frau Keller liefen Tränen über die Wangen. „Und ihr habt die Retter alarmiert? Ich danke euch von ganzem Herzen. Das kann ich nie wiedergutmachen! Wie komme ich jetzt bloß zu meinen Kindern?"

„Ich rufe Papa an!", beschloss Nikolas.

Währenddessen wählte Frau Keller die Nummer der Polizei, um zu erfahren, wohin man die Kinder brachte.

Als Papa sich meldete, sprudelte es aus Nikolas nur so heraus, und er erzählte die ganze aufregende Geschichte von Ben, seinen Schwestern und der Rettung in letzter Sekunde. Papa konnte kaum glauben, was passiert war.

„Und jetzt will Frau Keller natürlich zu ihren Kindern. Und wir auch! Kannst du uns fahren?"

„Hanna, Lotta und Ben werden nach Föhr in die Klinik gebracht", hatte Frau Keller inzwischen herausgefunden, denn

die Seenotretter hatten bereits die Polizei auf Amrum informiert.
„Die 16-Uhr-Fähre legt in 25 Minuten ab. Vielleicht erwischt ihr die noch“, sagte Janne.
„Ich komme sofort!“, sagte Papa, der sehr erleichtert war, dass Lilly und Nikolas in Sicherheit waren. „Wir treffen uns am Norddorfer Strandübergang.“
Nach wenigen Minuten brausten Papa, Frau Keller, Lilly und Nikolas mit dem Familienauto der Sonnenscheins in Richtung Fähranleger davon. Janne und Gesine winkten ihnen nach.
Papa fuhr etwas schneller, als es erlaubt war, und so schafften sie es gerade noch an Bord der Fähre. Die einstündige Überfahrt wollte nicht enden. Frau Keller telefonierte mit dem Krankenhaus auf Föhr und ließ sich versichern, dass es ihren Kindern gut gehe, aber sie wanderte dennoch während der gesamten Überfahrt nervös auf und ab. Als Erste lief sie vom Schiff und in Richtung Klinik, die nicht weit vom Hafen entfernt lag. Ihr Handy zeigte ihr den Weg.
Lilly und Nikolas entdeckten, dass die ERNST MEIER-HEDDE, noch im Hafen von Wyk lag, und liefen zum Schiff.
„Vielen Dank, dass Sie unsere Freunde gerettet haben!“, rief Nikolas einem Mann an Bord zu.
„Bist du Nikolas?“
„Ja.“
„Dann haben wir vorhin telefoniert. Hallo, ich bin Sven Witzke, der Vormann.“ Er schüttelte Nikolas die Hand. „Ihr habt das genau richtig gemacht mit dem Notruf. Und für eure Freunde war es Rettung in letzter Sekunde. Die hätten sich nicht mehr lange halten können,

und die beiden Mädchen konnten nicht mal richtig schwimmen. So ein Leichtsinn, einfach ins Watt zu gehen, wenn die Flut kommt!"

Nikolas nickte. „Das habe ich Ben auch gesagt, aber er hat mich nur ausgelacht. Wir gehen die drei jetzt besuchen."

„Sie haben großes Glück gehabt. Dank eurer Hilfe! Wisst ihr eigentlich, dass wir morgen drüben in Steenodde das Molenfest feiern? Unser Rettungskreuzer ist dann auch dabei, und man kann ihn besichtigen. Vielleicht habt ihr ja Lust, vorbeizukommen und eure Geschichte zu erzählen? Wir können immer ein bisschen Werbung für unsere Arbeit gebrauchen. Und Spenden!", lachte er.

„Oh ja, das machen wir!" Nikolas nickte eifrig.

„Da sind wir gerne dabei!", stimmte auch Lilly zu.

Flugs machten sie sich auf den Weg in die Klinik, um Ben, Hanna und Lotta zu besuchen. Es ging ihnen tatsächlich relativ gut. Weil sie unterkühlt waren, hatte man sie fest in warme Decken gewickelt. Sie lagen im Bett, tranken Tee, und ihre Mutter hielt die Zwillinge an der Hand. Lotta hatte sich offenbar verletzt, denn ihr Bein steckte in einem Verband.

Ben machte ein zerknirschtes Gesicht, als er Nikolas sah. „Du hattest recht. Wir hätten da nicht rausgehen dürfen. Ich hätte nie gedacht, wie schnell das Wasser kommt. Unsere Schuhe wurden nass und schwer, wir konnten gar nicht mehr schnell laufen. Und keiner hat unsere Hilferufe gehört."

Er blickte zu seinen Schwestern. „Die beiden hatten solche Angst und haben geweint. Es tut mir so leid."

Ben gab Nikolas die Hand. „Danke, dass du die Seenotretter gerufen hast."

„Schon gut, gern geschehen“, antwortete Nikolas. „Lass uns nochmal zusammen kiten. Wenn du dich noch ins Wasser traust!“

Ben nickte. „Ja, gerne. Dann zeigst Du mir den Power-Dive!“

Sie verabschiedeten sich wieder von den vier Kellers, die sich noch von ihrem Schrecken erholen mussten, und nahmen die nächste Fähre zurück nach Amrum. Dort schilderten sie Mama natürlich noch einmal das ganze Abenteuer. Sie schloss ihre Kinder in die Arme. „Was für ein Glück, dass die drei gerettet werden konnten! Und dass ihr nicht dort draußen wart!“

„Wir hätten das auch nicht gemacht, Mama“, erklärte Lilly. „Wir wissen ja schließlich, dass man nicht alleine ins Watt geht, schon gar nicht, wenn die Flut kommt.“

19

EINE NACHT UNTER DEN STERNEN

Am nächsten Tag besuchten sie wie versprochen das Molenfest in Steenodde. Bei bestem Sommerwetter waren dort viele Menschen unterwegs, es gab Musik, Kinderspiele, Eis und natürlich Krabben von Fischer Thaden. Die Trachtengruppe tanzte und der Shantychor sang Seemannslieder. Die ERNST MEIER-HEDDE lag an der Pier, und die Besatzung begrüßte die Geschwister überschwänglich. Sie mussten ihre Geschichte wieder und wieder erzählen und wurden gelobt, weil sie sich richtig und vernünftig verhalten hatten. Während sie über das Festgelände spazierten, trafen sie auch Herrn Quedens wieder. Nikolas berichtete, was er über die Harpunenspitze herausgefunden hatte, und Herr Quedens freute sich, dass er richtiggelegen hatte.

Auch Christopher besuchte das Molenfest und staunte nicht schlecht, was die Geschwister erlebt hatten.

Lilly schnappte sich eines der kleinen rot-weißen Spendenschiffchen und lief damit zwischen den Besuchern hin und her.

„Bitte spenden Sie für die Rettung Schiffbrüchiger! Das ist sehr wichtig, denn sonst ertrinken Menschen! Bitte spenden Sie! Erst gestern haben die Seenotretter unseren Freunden das Leben gerettet“, rief sie immer wieder.

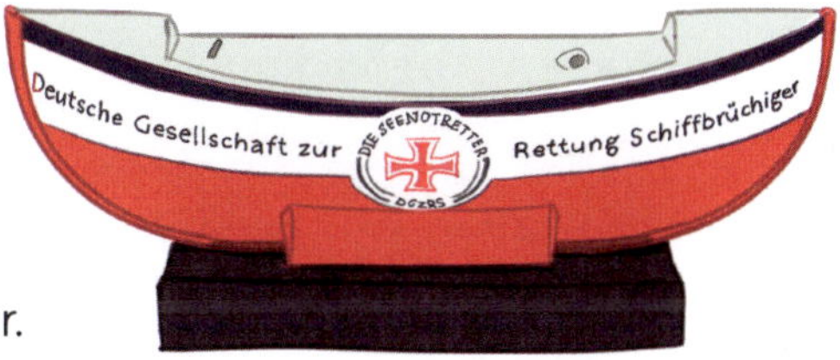

Die wenigsten konnten der niedlichen Lilly etwas abschlagen, und so landete Münze um Münze und auch eine Anzahl Geldscheine im Schiffchen. Stolz übereichte Lilly dem Vormann Sven Witzke am Ende des Nachmittags ihre Beute.

Neben ihm stand eine blonde Frau mit Brille. Sie wandte sich an Lilly und Nikolas. „Moin, ihr beiden. Mein Name ist Kinka Tadsen. Ihr könnt ruhig Kinka sagen. Ich bin Fotografin und Journalistin hier auf Amrum."

„Genau wie Papa!", stellte Lilly fest. „Der ist auch Fotojournalist."

Papa nickte bestätigend.

„Oh, ein Kollege, wie schön." Kinka lächelte. „Na, dann könnt ihr euch sicher denken, was ich von euch möchte. Ich habe gehört, was ihr erlebt habt, und ich würde gerne eine kleine Reportage über euch machen. Für die Amrum-News. Das ist eine Online-Zeitung, also im Internet. Würdet ihr mir eure Geschichte erzählen?"

Nikolas und Lilly nickten begeistert, und auch die Eltern stimmten zu. Und so erzählten sie ein weiteres Mal von der abenteuerlichen Rettung ihrer Freunde im Wattenmeer. Kinka notierte alles und machte auch ein Foto von Lilly, Nikolas und der Besatzung der ERNST MEIER-HEDDE.

„Morgen mache ich noch ein Interview mit euren Freunden, die gerettet wurden", erklärte Kinka. „Morgen Abend könnt ihr das dann alles im Internet nachlesen."

Anschließend verabschiedete sich die Familie von Kinka und den Seenotrettern.

„Alles Gute euch beiden. Und immer eine Handbreit Wasser unterm Kiel!" Vormann Witzke zwinkerte ihnen zu, und Lilly winkte.
Auf dem Heimweg gesellte sich Christopher zu ihnen und machte ein geheimnisvolles Gesicht. Mama stupste Papa in die Seite und tuschelte: „Los, sag du es ihnen!"
Christopher grinste, Papa kicherte. Lilly und Nikolas sahen verständnislos von einem zum anderen.
„Was ist denn los? Was tut ihr denn so geheimnisvoll?", sagte Nikolas ärgerlich.
„Lilly, Nikolas, wir haben noch eine Überraschung für euch ...", begann Papa feierlich. „Wir haben uns überlegt, dass ihr – als Belohnung für euer vorbildliches Verhalten, als Ben und seine Schwestern in Not waren – mit Christopher und mir auf dem Kniep übernachten dürft. Natürlich nur, wenn ihr möchtet."
Weiter kam Papa nicht, denn Nikolas und Lilly jubelten los. „Ja, natürlich wollen wir!"
„Was für eine Frage!"
„Dürfen wir wirklich?"
„Wann? Heute schon?"
Christopher nickte bedächtig. „Das Wetter heute bietet sich an, es ist warm, trocken und windstill."
„Aber wir haben keine Isomatten und Schlafsäcke dabei", rief Nikolas erschrocken.
Christopher winkte ab. „Keine Sorge, ich kann das von Freunden hier auf Amrum ausleihen. Ich habe eben schon herumtelefoniert. Ihr braucht bloß was Warmes zum Anziehen und eure Zahnbürsten. Alles andere besorge ich."

ÖDER
AARAN

Eine Stunde später transportierten sie bereits alles in Christophers Bollerwagen zur Bude. Gemeinsam mit Christopher und Papa sowie Janne und Gesine, denen sie noch Bescheid gesagt hatten, saßen Lilly und Nikolas nun gemütlich eng nebeneinander in der „Zweiten Heimat", teilten sich Wurst, Brot und Käse zum Abendessen und breiteten anschließend ihre Schlafsäcke und Isomatten auf dem Kniepsand aus.

Sie blickten in den wolkenlosen Sternenhimmel und beobachteten, wie der Mond aufging. Lilly wurde ganz kribbelig vor lauter Glückseligkeit, und Nikolas überlegte, wann er zuletzt so zufrieden gewesen war.

„Jetzt möchte ich aber gerne wissen, ob es euch denn auf Amrum gefällt und ob ihr wiederkommen möchtet", sagte Christopher. Als sie sich auf der Fähre kennengelernt hatten, war ja zumindest Nikolas noch skeptisch gewesen.

In der letzten Woche hatten sie jedoch so viel erlebt, dass es Ewigkeiten her zu sein schien, seit sie Christopher zum ersten Mal getroffen hatten. Lillys Antwort stand schnell fest. „Ich finde Amrum wunderschön!"

Auch Nikolas musste nicht lange überlegen. „Natürlich möchte ich wiederkommen. Wir müssen doch im nächsten Jahr unsere Kniepbude wieder aufbauen!"

– Ende –

- **Leuchtturm Amrum**
  Tanenwai 46A · 25946 Nebel auf Amrum
  www.nordseetourismus.de/leuchtturm-amrum
- **Wolfgang Stöck – Maritime Führungen**
  (Leuchtturmnachtführungen / Führungen im Seezeichenhafen)
  Waasterstigh 36B · 25946 Nebel auf Amrum
  www.stoeck-amrum.de/maritim.html
- **Nationalpark-Wattführer Dark Blome**
  Geführte Wattwanderungen
  Strunwai 5a · 25946 Norddorf auf Amrum
  www.der-inselläufer.de
- **Amrumer Windmühle und Heimatmuseum**
  Maalenstegalk 12 · 25946 Nebel auf Amrum
  www.amrumer-windmuehle.com
- **Sprechende Grabsteine auf dem Friedhof Kirche St. Clemens**
  25946 Nebel auf Amrum
  www.erzaehlende-steine.de/
- **Führungen Naturschutzgebiet Amrum Odde**
  Verein Jordsand zum Schutz der Seevögel und der Natur e. V.
  Vogelwart Dieter Kalisch
  www.jordsand.eu/schutzgebiete/amrum-odde/
- **Tonfärberei Farbrausch**
  Smäswai 24 · 25946 Nebel auf Amrum
  www.farbrausch-amrum.de/

- **Surf- und Segelschule Amrum**
  Badestrand Norddorf
  25946 Norddorf auf Amrum
- **Kino Lichtblick**
  Triihuk 1 · 25946 Norddorf auf Amrum
  www.kino-amrum.de/
- **Öömrang Hüs**
  Amrumer Archiv und Museum
  Waaswai 1 · 25946 Nebel auf Amrum
  www.oeoemrang-hues.de/
- **Vogelkoje**
  Historische Entenfanganlage mit Lehrpfad und Servicepavillon zwischen Nebel und Norddorf erreichbar zu Fuß ab Parkplatz Sanghughwai oder per Fahrrad
- **Bohlenweg in die Vergangenheit**
  Archäologisches Areal
  Eisenzeitliches Haus, Jungsteinzeitliche Grabstellen
  Leuchtturm Norddorf (Quermarkenfeuer)
  erreichbar zu Fuß ab Vogelkoje
- **Naturzentrum Maritur**
  Dauerausstellung Amrumer Natur, Aquarien, Pottwalskelett
  Strunwai 31 · 25946 Norddorf auf Amrum
  www.naturzentrum-amrum.de/
- **Keramikatelier Hoonwerk**
  Uasterstigh 9 a · 25946 Nebel auf Amrum
- **Amrum-Touristik**
  Veranstaltungstipps, Amrum von A–Z und aktuelle Hinweise
  Tel.: 04682/94030
  www.amrum.de
- **Dr.-Carl-Häberlin-Friesen-Museum**
  Rebbelstieg 34 · 25938 Wyk auf Föhr
  www.friesen-museum.de/

Außerdem bei Biber & Butzemann

André F. Nebe
BAND 1
Spuk auf der Ostsee
Biber & Butzemann

André F. Nebe
Der Fluch des schwarzen Korsaren
BAND 2
Biber & Butzemann

André F. Nebe
BAND 3
Das geheime Schiff
Biber & Butzemann

Abenteuer in Hamburg
Birgit Hedemann
Lilly und Nikolas auf der Spur der Schmuggler
Illustrationen von Sabrina Pohle
Biber & Butzemann

NEUE ABENTEUER AUF RÜGEN
LILLY, NIKOLAS UND DAS KRANICHEI
Steffi Bieber-Geske
Biber & Butzemann

SAGENHAFTE FERIEN AUF
USEDOM
LILLY, NIKOLAS UND DAS GEHEIMNIS DER VERSUNKENEN STADT
Steffi Bieber-Geske / Kerstin Groeper
Illustrationen von Sabrina Pohle
Biber & Butzemann

Nicole Grom / Steffi Bieber-Geske
ABENTEUER IM LAND DER WIKINGER
LILLY UND NIKOLAS UNTERWEGS ZWISCHEN SCHLESWIG, KIEL UND FLENSBURG
Mit Illustrationen von Sabrina Pohle
Biber & Butzemann

Steffi Bieber-Geske / Kerstin Groeper
ABENTEUER AUF FISCHLAND-DARß-ZINGST
LILLY, NIKOLAS UND DIE SEENOTRETTER
Biber & Butzemann

ABENTEUER AN DER LÜBECKER BUCHT
Kerstin Groeper / Steffi Bieber-Geske
Lilly, Nikolas und die Fledermäuse
RETTUNG FÜR DIE BRAUNEN LANGOHREN
Illustriert von Vivien Schmidt
Biber & Butzemann

ABENTEUER IM OLDENBURGER LAND
LILLY UND NIKOLAS AUF DER SUCHE NACH DEM KLIMASCHATZ
Birgit Hedemann
Biber & Butzemann

ABENTEUER AUF SYLT
Lilly, Nikolas und die Leuchtturm-Detektive
Kerstin Groeper
Biber & Butzemann

ABENTEUER AUF RØMØ
Lilly, Nikolas und der Bunkerschatz
Birgit Hedemann
Mit Illustrationen von Sabrina Pohle
Biber & Butzemann

EIN SOMMER IN SCHWEDEN
Illustrationen von Manja Adamson
Biber & Butzemann

MATTI UND MAX
ABENTEUER IN PARIS
SANDRA LEHMANN
Biber & Butzemann

MATTI UND MAX
ABENTEUER IN DEN ALPEN
SANDRA LEHMANN
Biber & Butzemann

Das Geheimnis der Raubritterburg

Steffi Bieber-Geske
SCHATZSUCHE IN BERLIN UND BRANDENBURG
Illustrationen von Sabrina Pohle
LILLY, NIKOLAS UND DAS GEHEIMNIS DES WELTREISENDEN
Biber & Butzemann

Birgit Hedemann
MOORE
in Deutschland
SCHATZKISTEN DER NATUR

ABENTEUER AN DER MECKLENBURGISCHEN SEENPLATTE
Kerstin Groeper
BETRETEN VERBOTEN
Lilly, Nikolas und die verbotene Insel
MÜRITZ
Biber & Butzemann

ABENTEUER RUND UM DRESDEN UND DAS ELBSANDSTEINGEBIRGE
Lilly, Nikolas und die Schätze der Könige
Juliane Jacobsen
Mit Illustrationen von Sabrina Pohle
Biber & Butzemann

ABENTEUER IM ERZGEBIRGE
Lilly und Nikolas im Weihnachtsland
Elisabeth Schieferdecker und Steffi Bieber-Geske
Mit Illustrationen von Sabrina Pohle
Biber & Butzemann

ABENTEUER IM SPREEWALD
Steffi Bieber-Geske / Nicole Grom
LILLY, NIKOLAS UND DAS GEHEIMNISVOLLE TAGEBUCH
Biber & Butzemann

Solveig Ariane Prusko
SCHERBEN-RÄTSEL UND DER MANN AUS DER VERGANGENHEIT
LILLY UND NIKOLAS IM WESTERWALD
Biber & Butzemann

Abenteuer im Sauerland
Tanja Klose
Lilly, Nikolas und die verschwundenen Ponys
Biber & Butzemann

DAS ERBE DES ALCHEMISTEN
ABENTEUER AUF DER PFAUENINSEL
Biber & Butzemann

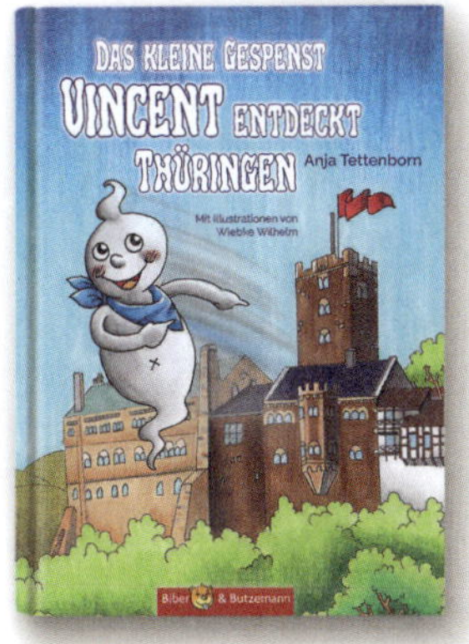
DAS KLEINE GESPENST
VINCENT ENTDECKT THÜRINGEN
Anja Tettenborn
Biber & Butzemann

Steffi Bieber-Geske | Sabrina Pohle
Zauberhafte Ferien im Harz
Lilly, Nikolas und die Hexen
Biber & Butzemann

Alexandra Benke
Geheimnis um den roten Kater
Ein München-Abenteuer
Biber & Butzemann

Alexandra Benke
Geheimnisse rund um das Märchenschloss
Ein Bauernhof-Abenteuer im Allgäu
Biber & Butzemann

Alexandra Benke
Geheimnis um die Rauhnächte
Ein Jahr voller Abenteuer in Oberbayern
Biber & Butzemann

Alexandra Benke
Geheimnis um die Wildtiere
Abenteuer zwischen Tegernsee und Chiemsee
Biber & Butzemann

Das Geheimnis der goldenen Schatztruhe
Alexandra Benke
Biber & Butzemann

Andrea Nesseldreher
Zeppelinfieber
Lilly und Nikolas am Bodensee
Illustrationen von Liuba Lebedeva
Biber & Butzemann

Abenteuer rund um Heidelberg und Odenwald
Lilly, Nikolas und ein Alpaka auf Abwegen
Teresa A. K. Kaya
Illustrationen von Liuba Lebedeva
Biber & Butzemann

MÄUSEJAGD IN DER PFALZ
LILLY, NIKOLAS UND DIE VERSCHWUNDENEN BRONZENAGER
Carola Jürchott
Biber & Butzemann

Andrea Nesseldreher
DIE KRONE DER LORELEY
LILLY UND NIKOLAS IM MITTELRHEINTAL
Biber & Butzemann

Zahlreiche weitere Ferienabenteuer aus ganz Deutschland und darüber hinaus findet ihr auf www.biber-butzemann.de.

Die Autorin

Andrea Nesseldreher, geboren 1973 in Mittelhessen, war schon immer eine Leseratte. Sie studierte Rechts- und Verwaltungswissenschaften und arbeitete als Forschungsreferentin und Studienkoordinatorin an den Universitäten Gießen und Speyer.
Während der Familienpause entdeckte sie das Schreiben von Geschichten wieder, das seit der Jugendzeit brach gelegen hatte. „Geheimnis auf dem Kniepsand" ist ihr erstes Kinderbuch – weitere sind in Arbeit.
Neben dem Schreiben ist sie freiberuflich als Stadtführerin – mit und ohne Kostüm – für Kinder und Erwachsene tätig. In ihrer Freizeit spielt sie Theater und singt. Mit den beiden Söhnen und ihrem Ehemann lebt sie in einem kunterbunten Haus in einer mittelhessischen Kleinstadt und verbringt die Ferien am liebsten am Meer. Amrum ist seit vielen Jahren ihr zweites Zuhause.

Die Illustratorin

Corinna Jegelka wurde in Castrop-Rauxel geboren und ist in Dortmund und Edewecht (bei Oldenburg) aufgewachsen. In Dortmund studierte sie zuerst Kunst und Philosophie auf Lehramt und machte den Bachelorabschluss. Ihr Wunsch, noch etwas Kreativeres zu lernen, führte sie nach Aachen, wo sie auch nach ihrem Abschluss als Kommunikationsdesignerin heute noch mit ihrem Sohn und ihrem Mann lebt. Schon immer war das Zeichnen und Malen ihre größte Leidenschaft, ihr Ruhepol und gleichzeitig ein unendlich weites Feld voller Dinge, die sie noch lernen möchte. Wenn Corinna an einem Illustrationsauftrag arbeitet, entspannt sie sich in ihrer freien Zeit beim Zeichnen.
www.corinnajegelka.de

Wellhornschnecke

Amerikanisch
Bohrmusche

Wattschnecke

Rote Bohne

Miesmuschel

Pantoffelschnecke